亞玖璃與
無自覺
CRITICAL
4
U0082183
GAMERS
電玩咖！
Kadokawa Fantastic Novels

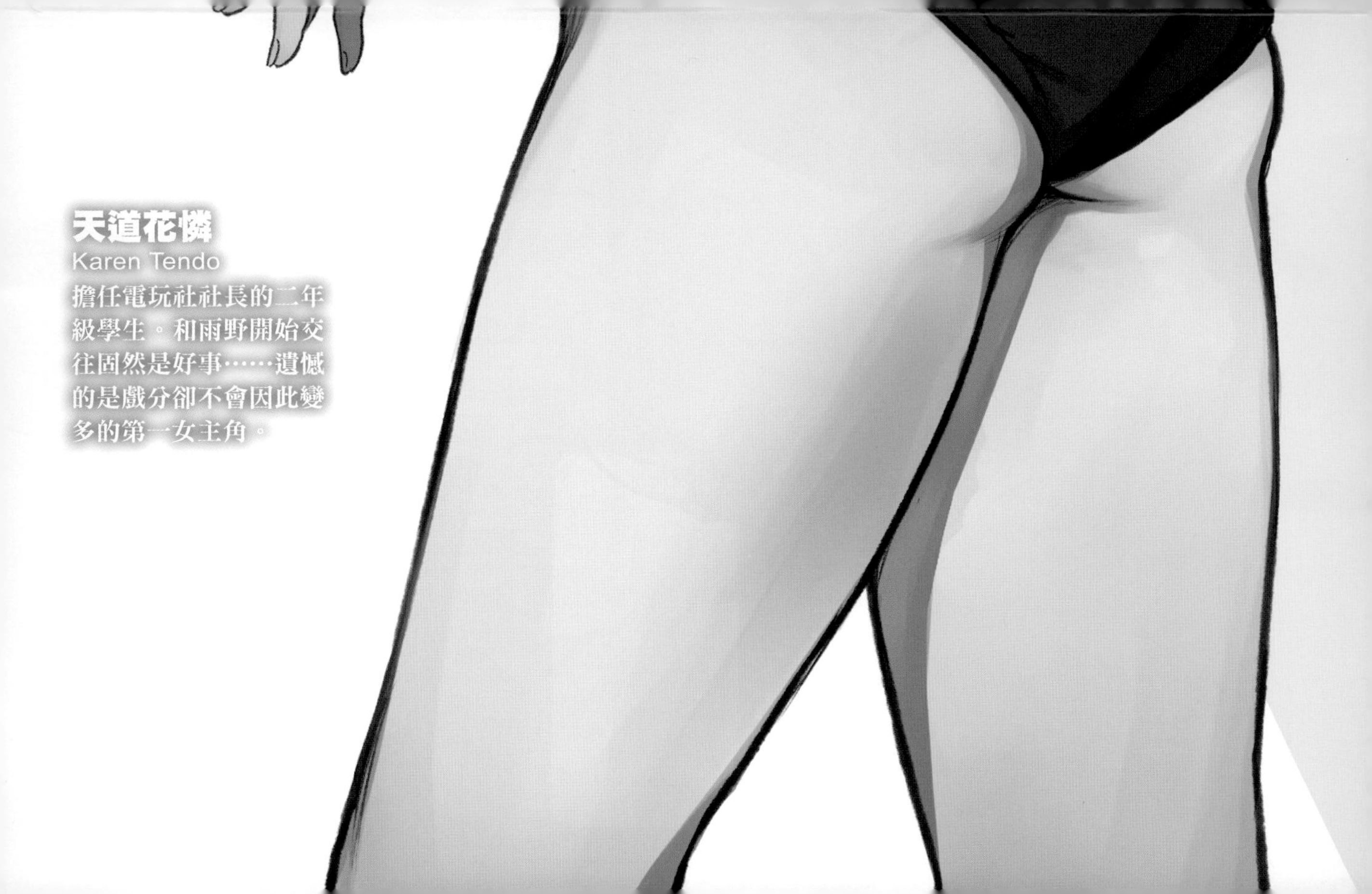
天道花憐
Karen Tendo
擔任電玩社社長的二年級學生。和雨野開始交往固然是好事……遺憾的是戲分卻不會因此變多的第一女主角。

拖下水嗎？像情色遊戲那樣！」

「……或許……
我還是……想要改變……」

星之守心春
Konoha Hoshinomori
私立碧陽學園的一年級學生兼學生會長的完美美少女……實際上是深藏不露的情色遊戲迷。
「我……會被
星之守千秋
Chiaki Hoshinomori
隸屬電玩同好會的二年級學生。擁有獨特感性，用網名〈NOBE〉製作脫離常軌的免費遊戲。

GAMERS 電玩咖！

亞玖璃與無自覺CRITICAL

4

Sekina Aoi
葵せきな

Kadokawa Fantastic Novels

彩頁、內文插畫／仙人掌

GAMERS

電　玩　咖　!

亞玖璃與無自覺CRITICAL

Aguri and unconscious critical

START

✖星之守千秋與盜帳號

我第一次自己製作電玩遊戲是在小學四年級的時候。

說來沒什麼了不起，就是玩票性質地拿家用主機的ＲＰＧ初學者製作工具弄一弄，極典型的入坑方式，即使說喜歡電玩的人都曾經走上這條路也不為過。

然而，要提到我當時跟別人的一絲絲區別……大概就是我好歹有「完成」一部作品吧。

這算我的武斷印象就是了，感覺碰這種製作工具的人大多會因為厭倦就半途而廢。就算鼓起勁想製作符合自身喜好的壯闊ＲＰＧ，十之八九也會在設計完最初的第一個村莊便後繼無力，然後興趣就在忙東忙西之間轉移到其他方面，我想這種套路應該是最多的。

我之所以會這麼說，是因為自己完完全全屬於這一型。像我最初一邊接受教學一邊著手構想的ＲＰＧ巨作就是在剛起步時，勉強做完第一個村莊的劇情之後就精疲力盡了。

原本事情應該會演變成就此歇手停工的，不過……

後來，我發現了某件事。

「咦？這個村莊的劇情花了太多心思製作，好像光這樣就可以收尾了耶……」

正是如此。

沒錯，雖然這根本不在我的預期之內，但因為精雕細琢地描繪完一段劇情，以獨立情節來看，光那樣就能成立一部故事了。

既然這樣，乾脆把大而無當的故事設定全部毀棄，用這些內容做完一部「口袋短篇」吧……這個有些取巧味道的點子是我最初迎來的轉機。

以結果而言，這部作品就成了我——星之守千秋的……不對，就成了〈ＮＯＢＥ〉的處女作。

至今我仍記得在製作那些內容的過程中，創作對自己來說真是一大樂事。

跟我擅自描繪出壯闊藍圖，結果ＲＰＧ巨作構想到最後就被種種門檻及限制搞得叫苦連天時完全不一樣。

從最初就將目標設定於不用勉強的範圍內並動工製作的過程中，我在心理和時間上都能感受到寬裕，要岔題或在小細節格外下工夫都隨我自由。結果，從頭到尾只顧用輕鬆愉快的心態製作的那部口袋短篇一下子就完成了，讓我大有成就感。

然而，話雖如此，我並不是單純因為這樣就認為：「自己往後還要繼續做遊戲！」創作這件事本身固然快樂，不過一想到實際花費的時間與勞力，它對我來說難以稱作優秀娛樂這一點同樣是事實。

要談到我為什麼會像這樣，創作規模雖小，卻能以免費遊戲製作者身分活動至今……一言以蔽之，還是因為有願意玩自己作品並給予感想的人在吧。

最初的契機是我懵懵懂懂地想到反正好不容易才做出來，就利用RPG製作工具附屬的線上投稿功能把這部口袋短篇傳上去好了……我並沒有對自己的作品獨具信心。儘管我自己有下過苦功，也對此滿意了，但實在不會冒出任何一絲「即使與別人的創作比也能脫穎而出」的狂妄想法。

實際上，那是以系統面來說毫無巧思的作品，假如有堪稱特色的部分，頂多就是延續了我目前的作風，或多或少有呈現對普羅大眾而言顯得奇特的世界觀（我個人認為這樣算中規中矩）。

即使如此，既然是努力完成的作品，又有具匿名性的簡單投稿功能可用……我會投稿出去，真的只是為了求得自我滿足。

所以，問題本來就不在於能不能進排行榜，這樣的作品要得到一句感想何止是奢望，連有沒有人肯玩都值得懷疑……

但世上似乎就是有品味格外特殊的人。

投稿後過了幾天，那款作品在某日突然多了僅僅七字的感想……「有稍微戳中笑點」這樣一句評語。

這句感想客觀來看實在太微妙，至少絕非讚賞，語氣上甚至有否定的意味也說不定。

可是，不知道為什麼……

當時的我……收到那短短的感想，就已經高興得想要跳起來手舞足蹈了。

那簡直是從未體驗過的快感。

說得自卑點，大概也是因為想獲得認同的欲求被滿足才讓我為之陶醉吧。實際上，我從以前個性就內向，朋友又少，屬於不曾受明顯霸凌，卻多少還是有被人嘲弄或暗地中傷過的那種小孩，因此我確實有在網路世界尋求寄託或找地方實現自我的傾向。

然而，連這種背景或動機帶來的快感都讓我覺得無關緊要了……有種十分原始單純的心動及雀躍就是如此滿足我的內心。

幸福得像童蒙時期用蠟筆隨意揮灑的畫作被父母帶著笑容接受一樣。

創作的一方做得開心，接受的一方也願意笑納。

這種只會帶來幸福的交流讓我完全迷上了。

我立刻製作了第二款、第三款作品，然後又得到些許迴響，為此感到陶醉，但後來那款家機版製作工具的遊玩人口著實開始萎縮，只好轉移到電腦版上進行製作。我在免費遊戲投稿網站上註冊帳號，還開設部落格用來當廣納意見及感想的窗口。

回神以後，我發現自己不知不覺中已經掛上了「免費遊戲製作者」的頭銜。

不過在這樣的過程中——要問到所有創作活動是否始終愉快，我必須招認答案是ＮＯ。作品慢性地陷入難產之苦自然是有。然而，更重要的是所謂創作活動這檔事，規模做得越大……時間持續得越久，我便切確感受到這樣的交流形式無法永保幸福快樂。

簡而言之，會有辛辣的評語。取自自己心靈一角的創作得到佳評會讓我高興得跳起來，相對地，要是得到負評，自然就會傷心消沉。

我想這種傷害會因人不同而大有差異，不過，我本身似乎還是屬於較脆弱的那一型。光是被簡單評一句「無聊」，我就會灰心到連自己都意外的地步。

理由恐怕在於……我這個人一直都是「本著好意」在從事創作活動吧。

如同我先前舉過的例子，那就像稚子讓母親看自己畫的圖一樣。純粹為了取悅別人，極為無邪且個人的行為動機。因此，要是忽然冒出美術老師開始指正「妳這裡火候不夠」，就算我完全明白對方有理，依然會感到非常洩氣。

當然，既然我將作品發表在公開場合，「希望身邊只有許多懂得欣賞自己的人」就不實

際，是過分天真的理想，對此我有自知之明。因為這種道理……用不著別人提醒，我本來就在現實的校園生活中理解到不想再理解了。

不過正因如此，我才會在嗜好的圈子裡追求理想中……「可以只跟同好在歡笑間度過」的頂級輕鬆時光。

可是，與我投注的精力呈反比，當我用「免費遊戲製作者」的身分活動得越久，就變得越無法只顧享受那樣的時光了。

增進寫程式的技術；避免內容千篇一律；系統本身的新意；還要保有一貫的獨特性……我開始面臨種種不同的要求。

當然，那是我追求「更上層樓」得付出的代價。這我明白。

即使如此……即使如此，有時候……比如我本身付出莫大心力才做出的作品被人毫不留情地批評時，我就會不懂自己到底為什麼要繼續弄這些。

到頭來根本沒有人會接納這種東西……我卻渾然不覺地拚命忙了好幾個月，還本著好意為此汲汲營營……這樣的自己好悲慘，實在好悲慘。

我是為了療癒在現實校園生活感到疲憊的心，好讓自己培養迎接明天的英氣，才從事這樣的嗜好、娛樂。可是一回神，我發現自己反而因此赤裸裸地遭受嚴格到殘忍地步的眼光品評，還被迫與他人切磋琢磨。這樣子……簡直就是本末倒置。

然而，儘管心裡這麼想，我之所以還是一直一直沒有放棄用〈NOBE〉的老帳號持續發表作品——

都是因為有獨獨一個人。

有個一直一直都懷著與我相同的感性、距離感、溫暖，陪我一路嬉鬧至今的人。

那個人會來逛我的部落格，我總是期待他那樸素、有點笨拙，可是又令人溫暖的感想。

不至於過度干預彼此卻能夠相互理解，扎扎實實地只分享「開心」的部分，這樣的關係讓我覺得自在無比。

為了跟這個人繼續用這種距離感玩在一起，我甚至覺得要承受些許辛辣的批評目光也不算什麼。

……如今，在某種意義上已經讓我覺得比家人更不需要心防，有時是可靠的寄託，有時則是可以一起使壞的損友，寶貴到無庸置疑的存在。

那個人——就是〈阿山〉。

＊

「唔～……唔～……………唔～～……」

「姊姊，聽我說聽我說，不好意思在妳一臉難過地趴在客廳桌上刻意討拍時打擾，可是妳那樣糾結看起來一點都不可愛。」

被妹妹心春一說，我猛然抬起臉龐，就發現星之守家的客廳不知不覺間已經拉上窗簾，目前正被ＬＥＤ吊燈的柔和光芒照耀著。

儘管心情像是讓修練成精的狐狸戲弄了，我還是茫茫然地問自己的妹妹：

「呃……我今天好像從中午就跟上原同學他們一起玩升官圖……」

「是啊，你們有玩。五個現充嘴臉的男男女女占據了客廳，感覺有違千秋姊的風格，害我在家裡都很難待下去，難得暑假可以『衝進度』的耶……」

「嗯?妳說衝什麼進度?」

「當然是衝情色遊——……當、當然是用功讀書衝進度嘛，姊，這還用說。」

「哦～心春，妳依舊是模範生耶。我跟妳差遠了。」

「還、還好啦。身、身為學生會長，做這種努力是理所當然啊，沒錯。」

眼光飄忽地穿過我面前，還穿著一身單薄衣物在皮革沙發上大剌剌坐下來的美少女星之守心春……她是我出色過頭的妹妹。

心春似乎剛沖完澡，正一邊用掛在脖子上的運動毛巾輕輕擦頭髮，一邊將倒在玻璃杯裡的麥茶往喉嚨使勁地灌。室內響起冰塊叮叮噹噹的清脆聲音。

我朝心春視線前方的液晶電視一看，發現正在播黃金時段的綜藝節目。雖然經過的時間讓我嚇了一跳，但我還是戰戰兢兢地問看似不悅的妹妹：

「呃，那個那個，上原同學他們是什麼時候回……」

「我想大約傍晚四點吧。」

「……咦，奇怪奇怪。我對那段時間完全沒印象耶……」

這不是開玩笑，記憶真的就斷在中間，連我自己都嚇到了。霎時間，我曾懷疑這會不會就是幽浮特別節目採訪被外星人綁架的受害者或報告神祕失蹤案例時所提及的「空白時間」而感到戰慄，不過心春接下來說的話立刻就讓我那些多餘的擔憂雲消霧散了。

「對呀，姊姊，在玩下半局升官圖時……差不多有一個小時吧？感覺妳好像都失了魂耶。雖然我只能從客廳偶爾冒出來的講話聲判斷狀況就是了。」

「原、原來如此……」

我總算稍微釋懷了。我今天確實是在升官圖玩到一半的時候……意外得知能讓本身世界觀天翻地覆的真相。

沒錯……

——我的恩人〈阿山〉以及玩手遊的珍貴戰友〈小土〉，其真面目居然是我的死對頭……雨野景太，這就是真相。

……儘管我好像沒有鬧出「分寸大亂地哭叫著奔離現場」的狀況。相對地，我似乎整個人都失了魂。據說我後來完全處於「魂不守舍」一詞所形容的狀態。

心春又繼續說明。

「還有，等那些朋友們回家以後，姊姊妳就一直趴在那邊發出莫名其妙的怪聲……所以嘍，我就看了一下漫畫，然後去沖了個澡才回來。」

「嗯，奇怪，該怎麼說呢？心春小妹妹，姊姊聽完妳講的，發現整件事當中有一個不容忽略的疑點耶。」

「啊，是關於姊姊發出怪聲那部分嗎？具體來說，妳發出的好像是『妞隆～～』還有『咻啵咻啵』之類的聲音。」

「那、那確實也滿讓人介意的啦！不過心春，還有更重要的事！虧妳能把那種情況下的姊姊放著不管，還只顧自己看漫畫和洗澡！」

「誰教今天這麼熱。」

「親情呢！心春，妳就不能多關懷一下姊姊嗎！」

「姊姊……妳的腦袋有沒有毛病啊？」

「奇怪奇怪，怎麼搞的，真不可思議耶。我被關心還是覺得不爽！」

「啊，姊姊，那大概是因為妳本來就屬於『有毛病的人』吧。」

「嗯，總之妳別把自己的姊姊叫成『有毛病的人』好嗎？」

「我明白了，千秋姊，那我以後就叫妳『沒毛病的人』嘍。」

「咦～～奇怪了，我總覺得惡意更深了耶。」

我一邊說一邊繞到沙發後面，並且卯足了勁用雙拳夾住妹妹的頭。把妹妹修理得唉唉叫以後，我才坐到她旁邊，姊妹倆一起有眼無心地看著綜藝節目。藝人間輕鬆幽默的互動讓我微微地笑了幾次，接著當節目進廣告時，我又對妹妹開口：

「…………我問妳喔，心春。」

「嗯～～？」

心春啜飲著冰塊融化後變淡的麥茶，應聲時看都不看我這邊。

我琢磨了一下用詞才啟齒。

「像在漫畫裡，不是會出現女主角發現素行不良的男主角在雨中幫助小狗狗，就忍不住另眼相看還對他動心的情節嗎？我不太喜歡那樣耶，總覺得好不公平。那樣的話，從平時就規規矩矩的人不是很可憐嗎？」

「？怎麼忽然聊這個？哎，雖然我可以理解妳想主張的內容啦。」

「當然，我也很明白那是講故事時的『常套手段』，所以不會特地在雞蛋裡挑骨頭就是了。不過……我想說的是，自己在本質上果然也是會吃這一套的人。」

「是喔…………呃，所以呢？」

「……所、所以說……」

然後，我有些臉紅地將擱在腿上的拳頭緊緊握起並小聲嘀咕：

「…………靠『落差』來讓人心動，實在太狡猾了……那、那種情緒肯定只是暫時的，就算千錯萬錯也不可能是動真情啦，我想主張的就是這個……！」

「姊，對不起喔，我完全聽不懂妳在講什麼。」

心春聽得一頭霧水，我就激動得幾乎要把她推倒在沙發上，還逼她表示認同。

「反、反正！我……我還是會始終如一地保持對『他本人』討厭到極點的態度，這樣子可不可以！我這樣子並沒有錯，對不對！」

「啥！」

心春依舊一副聽不懂的樣子，眼睛還因此飄來飄去……不過她似乎是覺得隨便做個結論比較好，就突然笑吟吟地對我點起頭。

「是、是啊，姊，我也覺得這樣就對了！」

「就是嘛！」

「是、是啊是啊！雖然我不太清楚就是了，呃，那位不知名的某某是怎麼露出美好的另一面，才讓姊姊有機會對他另眼相看的……？」

「妳是問〈阿山〉嗎？」

「再說呢，那肯定是虛構的，要不然男方絕對也是虛有其表——」

「才、才沒那種事！」

「！」

一瞬間，我冷不防地完全推倒心春，還擺出嚴厲的臉色將她壓在沙發上。心春被突然變了個人的姊姊嚇傻了。然而我一回神卻忘記了自己起初的論調，衝動地繼續告訴她：

「就、就算妳是我妹妹，也不准說〈阿山〉壞話！收回妳剛才說的話！」

「對、對不起喔。呃……那、那位〈阿山〉真是天菜呢。」

「很好！」

我對妹妹改口的內容感到滿意，連連點頭稱是…………………咦？

……………啊唔。

「…………唔～…………唔～…………」

「呃，千秋姊，麻煩不要壓在人家身上然後又切回那種發出怪聲的煩惱模式好不好？」

「………………唔～………………」

結果在這天，我發出的怪聲一直到深夜都困擾著星之守全家人。

＊

離那次玩升官圖的聚會又過了兩天，正值暑假高峰的八月初。

「…………唉。」

我，星之守千秋，今天也同樣關在遮光窗簾深鎖的陰暗閨房裡……一邊坐在辦公椅上抱著雙腿，一邊望著明亮發光的電腦螢幕。

目前畫面上顯示的，是我……〈ＮＯＢＥ〉的部落格。原本更新就不算頻繁，但以往每星期都會簡單做一次遊戲研發進度報告的部落格。

可是……目前距離上次的部落格更新，已經過了十天。

我覺得總該寫些什麼了，就撐起沉重的身體，啟動電腦，然後登入編輯部落格的頁面……卻只動手輸入頭一句「久未問候」就完全停住了。這就是現狀。

有另一層因素是最近遊戲研發沒特別的進度，所以什麼都寫不了。不過要是這樣，只要記載「本週研發的進度不太順利」就行了。實際上，以往我也在部落格寫過幾次這種記事。

然而，這次我卻連那樣都做不到……全都是因為……

「……總覺得……寫這些話……就像在寫信給景太一樣嘛……」

再次領悟的我忍不住把頭埋到自己腿上。

當〈阿山〉終究只是「遠方不知名的某人」時，我在部落格上跟他交心並不會有任何抗拒。

但現在我意外得知了〈阿山〉的真實身分。在這種情況下還要一如往常地跟〈阿山〉相處……我既沒有那麼淡定，也沒有那麼靈活。

「……哎唷，真是夠了！」

我將椅子轉了一圈，有些粗魯地踩到地板上，然後跨著大步走出房間。

我走進有異於自己房間的明亮客廳，漫無目的地打開冰箱，卻又覺得沒什麼興致就直接關上。用眼角餘光瞄向餐具櫃上擺的數位鐘，鐘面大大顯示著下午兩點零三分，而日期——

「……啊，對了對了。」

察覺到某件事的我想了一會兒，決定上街順便轉換心情。既然心意已定，好事不宜遲。

我對著洗臉台簡單整理頭髮，換上完全不算時尚卻也不至於羞於見人的便服，將錢包跟手機塞進小巧的手提包。接著我一出自己房間，就到了走廊對面……恐怕正默默地用功讀書而像平常一樣安靜的妹妹的房間敲門。

「心春～～？」

房間裡頓時「砰」地冒出了像是腿撞到書桌的聲音。靜悄悄的間隔一陣子以後，又有慢吞吞的沉重腳步聲傳來，幾步過後，門「喀嚓」地打開了。

從房間探頭出來的家妹心春……大概是讀書讀累了，呼吸有點喘，一臉疲倦的樣子。從門縫往房裡看去，可以發現闔上的筆記型電腦有綠色的電源顯示燈正在閃爍……哎呀呀，連用功都要用電腦，家妹真的和我這個姊姊不同，是個菁英分子。像我只會為了營造「自己有在用功」的感覺而一板一眼地打開筆記簿寫字就是了。

「什、什麼事，姊？」

心春這麼問，今天一樣有微微的黑眼圈。心春在暑假中看起來憔悴得簡直不像平時上學都會保持完美容貌的她。不過她的雙眼炯炯有神地散發著異樣光芒……儼然就是「削減睡眠時間」「熱衷於某種事情」的人。

「（哎，我的妹妹這麼拚命用功，如今甚至在頗具名聲的高中擔任學生會長，做姊姊的卻……）」

儘管我對這樣的狀況感到有些沮喪，但還是設法擺著笑容問心春……同時也稍微隱瞞了關於我本身的資訊。

「那個那個，姊姊有事要去便利商店，妳有沒有什麼想要的東西……？」

「姊，妳要去買Fami通對吧？」

我明明只說「有事」耶！目的一瞬間就被拆穿了。我身為姊姊，卻被優秀的妹妹看透自己只會在Fami通或電玩軟體發售日出門……好想死。此時此刻，我想死到極點。

然而，好心腸的家妹心春並沒有瞧不起這樣的姊姊……她明明都在用功讀書，反而還略顯客氣地向姊姊開口：

「呃……既然這樣，我或許需要能量飲料……啊，當、當然嘍，姊姊妳有餘裕再順便買吧！順便買就好了！」

看似十分過意不去的心春慌慌張張地提出請求。這孩子真是的……！用功到這麼憔悴，要出門買Fami通的姊姊幫忙帶能量飲料回來，何必有罪惡感呢……！這孩子真是個天使！和我這種在平日只會玩遊戲玩到憔悴的繭居族女生差多了！

明知不合自己風格，我還是「嗯哼」地拍了胸脯，並且口齒不清地回答：「包在噁森上！」然後就一面嗆得不斷咳嗽，一面從走廊走向玄關。

這時候，心春的聲音又從背後傳來。

「對了，姊，我可以在妳去買東西的期間借用一下電腦嗎？」

「？可以是可以啦，為什麼？妳的筆電呢？」

我邊綁鞋帶邊問，心春就語帶嘆息地回答：

「嗯。其實我想看一下影片，可是我的筆電播動作劇烈的影片會不太順。」

「了解了解。心春，話說妳要看什麼影片？」

「啊，我是要看自己喜歡的BALDR系列新作片頭——」

「BAL……？」

奇怪，心春剛才好像提到了不太像模範生會講的字眼——這麼想的我一回頭，心春就不知道為什麼慌了起來，目光莫名閃爍地重新講了一遍。

「我、我想看自己喜歡的樂團新推出的宣傳影片啦！嗯！」

「嗬嗬～～……樂團的宣傳影片啊……」

老樣子，我妹的興趣跟我截然不同。在用功之餘看一下樂團宣傳的影片放鬆自己，感覺實在不像跟我從同一個娘胎生出來的女生會做的事情！

「總、總之，姊，妳慢走喔！」

「啊，好……那我出門嘍。」

我幾乎被妹妹趕著離開玄關了……也對啦……有這種做事拖拖拉拉的姊姊待在家裡，就很難沉浸到音樂的世界裡嘛……嗚嗚嗚。

一到外頭，盛夏的陽光就毫不留情地照在我身上。我立刻嘆著氣將草帽戴到自己頭上。然而，或許是混凝土反射的光太強，結果並沒有變得多涼快。

受到貫穿防禦的攻擊大概就是這種感覺吧……我一邊漫無邊際地亂想，一邊慢吞吞地走

在有熱浪蒸蒸湧上的混凝土路面。

雖然說……只是到離家最近的便利商店，但地點在還算偏僻的鄉下，用我走路的速度大約要花十五分鐘。假如騎自行車多少會快一點，可是自從被偷過一次（結果有立刻找回來）以後，我就變得沒什麼意願騎車了。這完全稱不上心靈創傷，不過一想到車子被偷時那種莫名沮喪的感覺，我會不由得認為……這並不是寧可擔負風險也要騎車出門的狀況吧。

「（……我的個性依然是這樣……消極到連自己都會討厭……）」

明明有製作遊戲向外界發表「請大家認同我！」的欲求，卻極端排斥在日常生活起風波。這就是我，星之守千秋的為人。

總之，要面對預料外的事、沒做好心理準備的事，這我實在吃不消。還不僅限惹麻煩之類的負面事物，連快樂的事、高興的事都一樣。

比方說，即使有熟人邀我出去玩，我都會反射性地先拒絕一次。不管有什麼因素，我就是討厭原先的安排亂掉。不過，仔細想了一會兒以後，我的念頭又會變成：「啊，其實出去玩也沒什麼不好……」然而事已至此，我也沒有勇氣表明「還是去吧」，結果就變成往往約不動的人了。

因為這樣，我獨處的時間特別多……用來填行程空缺的不是玩遊戲就是做遊戲……一回神，連我自己都不曉得是什麼時候蓋起了如此巨大的高牆並受困其中。

無論從外界或從內部，都不知道該怎麼跨越的一道牆。

我內心的牆高聳到連自己都不敢領教……明明個性與我類似，卻傻呼嚕地勇敢跨過牆來找我的人，只有雨野——

「（！不算，剛才想的那些不算！）」

走在大熱天底下，腦袋盡會漫無邊際地亂想。

我重新將草帽緊緊戴牢，然後一邊琢磨著免費遊戲的新作構想一邊走路。

結果，一直到抵達便利商店為止……我難得地連一個奇特的點子都沒有想出來。

「歡迎光臨～」

在店員懶散的招呼聲還有足以讓汗濕皮膚畏寒的冷氣迎接下，我走進便利商店。

我沒走幾步就直接拐向右，然後稍微打起精神，一溜煙往雜誌區趕去。我會有這種舉動是因為這家店的Fami通進貨數似乎不多，就算在發售日來買也會有找不到的時候。天氣這麼熱，還要到更遠的便利商店找貨，那就又累又煩人了。

因此我專心地觀察雜誌區，便在柏青哥雜誌那一角發現了獨獨被隨便混在其中的Fami通。我卯勁伸出手。

但就在這個瞬間……

「啊。」

疑似有人同時向Fami通出手，我跟對方的手就完全疊在一起了。

我白白的手被某人（幾乎和我一樣白）的手蓋住。

事出突然，全身僵住的我手停在原位，脖子則慢慢轉向對方，將目光移過去。

「…………咦，千秋……？」

「景……景太……你怎麼會在這裡……？」

——一臉緊張地看過來的死對頭，雨野景太，就在我眼前。

「……………………」

我們倆……都是社交及應變能力極端低落的人，彼此都不曉得該怎麼辦，只能像時光靜止一樣默默對望。

結果，現場出現了一對男女將手伸向相同書籍，在表面上可說是頗有戀愛喜劇風味的景象……

實際上演的卻是御宅男女將手疊在Fami通上面互相牽制，可以說相當寒酸的一幕。

＊

「我之前就一直覺得可疑了，你果然有跟蹤狂的氣質……」

在迅速買完東西離開便利商店回星之守家的路上，手裡用塑膠袋提著雜誌與能量飲料的我正張口大啖雙響炮蘇打冰。

「呃，我說過了，不是啦！妳這自我意識過剩的海帶女！啊，不過謝謝妳請的冰棒。」

儘管景太像平時一樣對這樣的我口出惡言，卻仍然不忘表示感謝，嘴裡同時還啃著我剛才分給他的半支蘇打冰。

我氣悶地連頭都沒有轉向他就回話。

「請你不要誤會了。我只是想吃這款冰棒，可是整支雙響炮感覺太多，今天這麼熱也沒辦法撐到我回家，才只好分給你……」

「嗯，對啊，我懂我懂。雖然仔細想就知道分量跟其他冰棒一樣，不過我大概是習慣跟兄弟平分的關係，獨吞整支雙響炮蘇打冰會覺得亂內疚的耶。」

「就是嘛就是嘛！…………呃，咳咳咳，你煩死了，跟蹤狂。」

「呃，我、我說過不是那樣……」

豆芽菜矮冬瓜……更正，豆芽菜矮冬瓜跟蹤狂垂頭喪氣地走在我旁邊。他是穿鬆垮垮的牛仔褲配馬球衫，模樣很隨興，實在不像準備到女生房間的男生會有的打扮……受不了。

「（不對，我、我並沒有希望他好好打扮過再來！）」

那樣反而也會令人介意。從這種角度來想，他這樣穿應該是最妥當的……但不知道為什麼，我肚子裡就是有股無名火。畢竟他要是去天道同學家，肯定會更用心…………不，算了，想這些也無濟於事。反正他是天敵，無論做什麼都會讓我不爽。就這樣。

景太手裡拿著冰棒，吞吞吐吐的似乎有事要對我說明。

「真的啦，只是時機不巧而已，其實我自己也很明白這種狀況亂噁心的，所以沒什麼話好回嘴。不過妳想嘛，就跟我剛才簡略說明過的一樣，這是有理由的。」

「……你是說，上次來我家的時候有東西忘了，對嗎？」

「對，就、就是那樣。」

我狠狠一瞪，在大熱天穿短袖的景太就發冷似的搓起上臂，還稍微別開目光回話：

「呃，我懂啦。既然要到同年級女生家裡拿忘記的東西，我也覺得沒有先聯絡一聲未免太奇怪了。可是，請讓我講一句辯解的話就好。」

「怎麼樣？視情況而定，小心我真的報警——」

「我問妳喔，千秋，妳手機有開機嗎？」

「————咦？」

聽他一說，我才回神從口袋裡慢慢掏出手機，然後試著長按電源鈕……沒反應。電量完全見底了。

景太看到這樣的景象，就無奈地發出嘆息。

「我也想先跟妳聯絡啊，而且從前天就開始了。起初我是傳簡訊，可是隔了一天也沒有收到回應，後來就改撥手機，但還是完全打不通。我想總不會出這種狀況吧，結果真的如我所料……話說千秋，虧妳在這年頭還可以放著手機沒充電度過整整兩天耶。或許是因為妳沒朋友啦，不過妳都不玩手遊的嗎？」

「咦？那個那個，呃，不是的，該怎麼說呢……」

「？」

景太看我突然變得吞吞吐吐，就不解地歪頭。我則盯著電量完全見底的手機黑螢幕，上頭映著自己明顯驚慌的臉孔。

「（糟糕……！發現在部落格有交流的〈阿山〉還有手遊戰友〈小土〉兩人的本尊都是景太以後，我心裡頭一直動搖，就打算先跟手遊保持距離，結果避得太過頭，連手機都疏遠了……！）」

我自己對狀況已經有了理解。可是，總不能直接對景太說明這些理由。

總之，我抬起頭……然後隨隨便便先對景太找了藉口。

「那個那個，像、像我這種姿色的女生，在暑假有太多男生要約了，忙得連手機都沒空摸。又去海邊，又去山上，又去遊樂園，有夠忙的呢。呼～～」

「呃，妳編的藉口未免太扯了吧。」

「景太，不、不然你對我又了解些什麼！」

「身體。」

「啥——」

慌得臉紅的我差點讓冰棒離手，景太則眼神冷冰冰地指了過來。

「妳那膚質不像夏天拚命到處玩的人吧，膚色那麼不健康……」

「為、為什麼你敢說得那麼篤定！」

「……大概是因為我也以同樣的膚質自豪吧……」

沒多少朋友的豆芽菜男遠眺著積雲。

「總覺得……對不起喔。」

再怎麼勢不兩立，對此我還是乖乖謝罪了。我們倆就這樣垂頭喪氣地一邊啃冰棒，一邊默默走了幾十秒。

我重新帶領話題。

「先不管我用手機的事情了！實際上，我在家裡對你忘的東西根本沒印象耶。」

「嗯？喔，那個啊。我本來也覺得要是忘了那個東西，妳在家似乎也會發現就是了……不過稍微一想，說不定未必是那樣。」

「？意思是你忘的東西非常小嗎？雨野景太等身大立牌之類的。」

「妳嘴皮子很溜耶，一有機會就損我。錯了啦，我掉的不是小東西。」

「體積不小，但我會看漏的東西……是什麼？難道是只有你能用魔眼辨識的封印於自身體內的惡魔邪佞魔力殘渣嗎？」

「居然自己亂編中二設定推給我，妳那是什麼找碴的新花招？」

「實際上，我是覺得你差不多可以先預支用一些簡單的小魔法了嘛。」

「預支？」

「不是常有人說嗎？如果到三十歲依舊是處男——」

話說到這裡，景太就突然輕輕地出掌搧在我頭上。坦白講既不痛又不癢，力道控制得絕佳，可是被打的事實讓我感覺很不爽。因此，我也出掌搧在他那弱不禁風的胳臂上。於是雨野景太顯然不高興了。他開始耍小聰明用理論武裝自己。

「……我是為了迅速阻止妳在大庭廣眾之下講下流話才輕輕出手吐槽，對此我不明白有什麼道理要被妳反擊耶。」

景太一邊狡辯一邊又輕柔地敲了我的頭……真令人不爽。

「是啊，口頭吐槽也就算了，我沒必要承受你用的暴力。」

說歸說，我也出掌拍景太的手臂。他的臉頰抽動了一下。

「從暴力的角度來說，我只是摸到頭髮，相較之下，妳直接碰觸皮膚還比較暴力耶。」

「不過不過，頭髮是女生的命啊。」

「妳這明明是乾燥海帶耶。」

「旁邊那位矮冬瓜，你犯忌嘍，這算性騷擾。真討厭耶，唉，討厭死了。動不動對女性惡言相向的矮冬瓜豆芽菜繭居臭宅男就是這樣……」

「那妳對自己的惡言也要有自覺啦！話說妳對我的反擊是不是都有『稍微灌水』！要抱怨那種『1.2倍奉還』好不方便，妳拿捏得很精耶！」

「哎呀呀，你這個男生依舊在各方面都小裡小氣呢……當、當當當然嘍，我看你下面肯定也一樣小。」

「太低級不堪了吧！連妳自己罵完都有點不敢領教！」

「啊，我想講一件無關緊要的事，『低級不堪』的語感跟『按期出刊』有點像。」

「還真的無關緊要得讓人傻眼！現在有必要提那個嗎！」

「所以說，我們剛才講到哪裡了？我記得你有放話表示：『想知道我下面有什麼本事，妳就親眼看清楚！』還準備對我做出性犯罪的舉動對吧？」

「哇噢，這顆海帶頭終於開始含血噴人了。」

「…………啊，對不起，我有點鬧過頭了，剛才那句不算。」

「嗯，我也覺得自己反應太誇張，抱歉。是我吐槽過度激動。」

「…………那麼景太，麻煩你立刻停止攻擊！」

「不不不，那是我要說的台詞！」

儘管我們倆這麼鬥嘴，手還是不停朝彼此搧來搧去……要是造成誤解就傷腦筋了，但我平時並不是如此輕易就會跟男性有肢體接觸的那種人，我終究是因為面對景太才敢用這種方式應對。當然景太應該也是一樣的。假如口出惡言的人是天道同學，景太才不會有這種反應。從這層意義來說，我跟景太對彼此是獨一無二的…………

「？喔？怎、怎麼了嗎，千秋？妳不必……還手了嗎？」

景太剛才明明還開口要求「別還手」，我突然停住，他卻變得格外不安。

我甩頭背對景太，吞吞吐吐地回答：

「那個那個……為、為了攻擊而摸你，快要讓我噁心得無法承受了，我只是決定就此打住。」

「居、居然把別人說得像會用毒反擊的雜兵魔物還什麼的……！女生講出『噁心到連碰

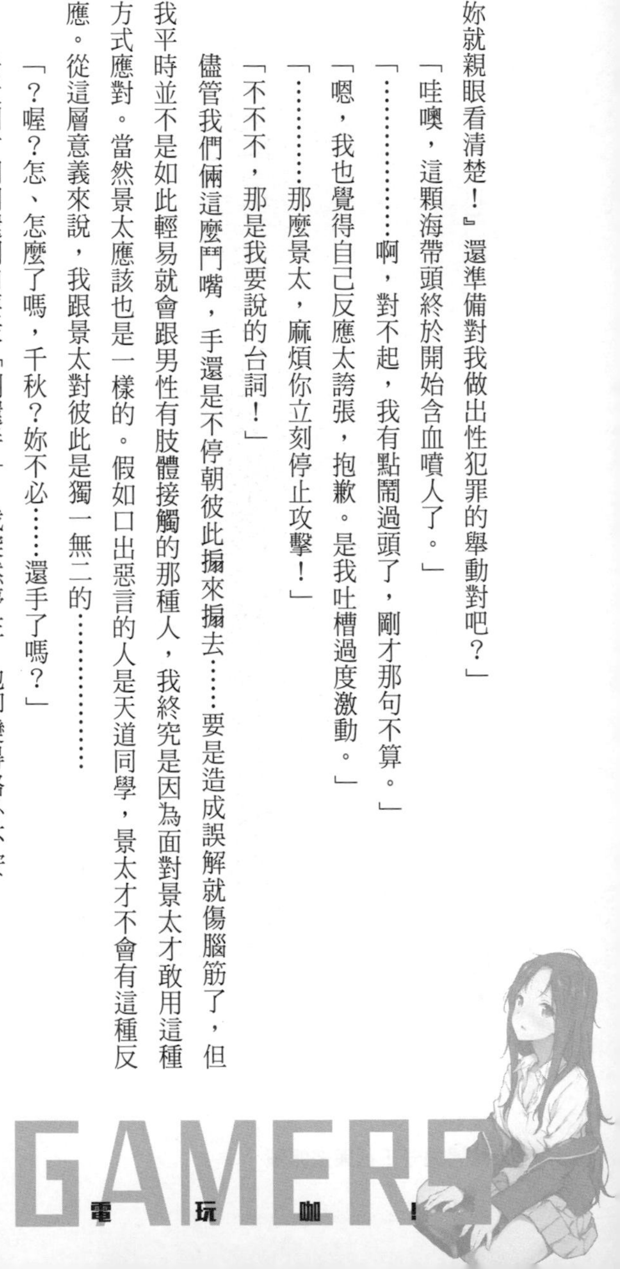

都不想碰』的宣言，對繭居落單宅男來說傷害有多重，妳曉得嗎……！…………唔。」

景太消沉地垂下頭。

……其實我完全沒有那種意思，卻意外地靠鬥嘴贏過他。真稀奇……這要怎麼辦啊？

我們倆默默地吃著冰棒走了一陣子。白天的住宅區幾乎沒有人影，此外今天偏偏沒有任何蟬鳴聲，因此沉默凝重得讓人大感頭痛。

就在這時候，先吃完冰的景太閒閒地揮著冰棒棍，像是要一掃負面氣息地開口了。

「對、對了對了，感覺我們不小心就岔題了，所以嘍，轉回來講我忘在妳家的東西。」

「是、是啊，我們原本在談那個。結果你忘了什麼？其實我真的沒有頭緒……」

就算那東西再怎麼不起眼，自己家裡多了原本沒有的東西，應該不會渾然無所覺吧。

當我這麼思索，景太就說出意想不到的答案了。

「我忘的是裝了ＩＣ乘車卡的票卡夾啦。」

「？票卡夾？假如有那種東西，我應該會發現耶……」

家裡冒出不屬於任何人的票卡夾，立刻警覺是應該的。

景太卻表示「話是這樣說沒錯啦」，並莫名尷尬地告訴我：

「我猜啦，那個東西在妳家大概不會有格格不入的感覺。」

「？呃，這話是什麼意思……？」

「就是這樣嘍……千秋，雖然我非常不情願，可是除了一小部分以外，我跟妳不是在許多方面的感性都互相共通嗎？所以說……」

「……哦～我懂我懂……」

這時我忽然領會了景太不言中的意思，就張口吃掉最後一口冰棒，然後身子稍微往前傾跟他確認。

「……你那個票卡夾的款式該不會是深藍色，還可以對折——」

接著我敘述了「自己的」票卡夾外觀。景太聽完全部內容就面帶苦笑地對我點頭。

我傻眼地扶著額頭嘀咕：

「…………連傷痕和髒汙的特徵都一模一樣，搞什麼嘛……」

「真的耶。雖然說我大致也料到了，聽完還是受不了。那妳覺得呢？我的票卡夾會不會掉在妳家？」

被他一問，我試著稍微思索。

「……這麼說來，前陣子我確實有在客廳找到票卡夾然後收起來的印象。當時好像是出現在餐具櫃上面。不過仔細想想，放暑假以後我完全沒有搭過公車，所以自己真正在用的票卡夾要是沒有一直放在包包裡，事情或許就怪了……」

「是喔。哎，東西也有可能掉在其他地方啦，不過先來妳這邊找大概沒錯。話雖如此，

突然找上門這一點真的是我理虧。」

景太低頭對我賠罪……平時我們互稱對方為「天敵」，在這種時候仍不忘禮數實在很有小人物的味道……我自己也是。

心裡總覺得肉麻的我忍不住就講了類似挑釁的話。

「可、可是可是，像你這樣的落單繭居族，在暑假中似乎也用不到票卡夾啊，不必急著回收也行吧？」

我說這話有一點使壞嗆人的意思，沒想到景太卻不像平常那樣上鉤，而是有些害羞似的搔頭。

「嗯，對啦，是這樣沒錯。不過……我覺得今年暑假會跟往年不太一樣，所以想趁早拿回來。」

「和往年不一樣是什麼意──啊。」

於是我想到景太目前算「有女友階級」，就不禁閉嘴了。景太似乎也完全不習慣提這回事，害羞得什麼也說不出，有種不可思議的沉默流過我們兩個之間。

我偷瞄景太的臉，然後重新思索。

「（……話又說回來了……即使從現狀來看，總覺得事情跟我先前的認知有些落差耶……關於景太與天道同學的交往關係。）」

我原本一直以為天道同學是出於同情……為了讓景太逃離那個叫亞玖璃的惡女，才勉為其難地接下「演女友」的任務。

可是……上次所有人聚集到我們家玩升官圖時，我又有種好像不只是這樣的感覺，這亦屬事實。

「（畢竟亞玖璃同學當時也在，景太他們可能只是「刻意裝要好」……不過以假裝而言，又親密得滿自然的……）」

至少就我所知，雨野景太才不是演技好到那樣的人。身為完人的天道同學姑且不提。

「（這個套路……該不會是他們在扮演情侶的過程中，就真的拉近了內心的距離？）」

我想都沒想過這種老掉牙的戀愛喜劇橋段會在現實中出現。然而雖說是演技，只要雙方相處的時間因為約會之類而增加，就算真的變要好也不奇怪。

……是的，沒有錯。沒什麼好奇怪……………………

「（奇、奇怪，怎麼回事？這套理論有什麼破綻嗎？我越是想像景太跟天道同學之間的交流，胸口就會不明所以地湧上疙瘩感，這究竟是……？）」

當我困在思路的迷宮時，景太似乎是打算改善氣氛，就有些苦笑地開口了。

「唉，話雖如此，目、目前我也沒有做什麼約會的具體安排啦。」

「是喔，這、這樣啊……景太，自、自我意識過剩的你好噁心耶。」

「妳、妳很囉唆耶，千秋。」

單從字面上看，這些鬥嘴的內容跟平常沒什麼不同……卻有種說不出的彆扭。我和景太就這樣一邊吵一邊走在白天人煙稀少的住宅區。

……我無心地拿出手機，然後望著漆黑的螢幕嘆了氣。

結果，景太從旁邊一副覺得奇怪的樣子看我這樣做，就猛然想起什麼似的說：

「啊，對了對了！之前東拉西扯的都沒什麼空可以問。千秋，妳是不是有跟我玩同一款手遊？」

我怵然心驚。景太突然切入重點的這句話讓我渾身緊繃。

「你、你在說什麼啊？」

我在心驚肉跳之下仍裝成平靜的樣子反問。於是景太就從口袋拿出自己的手機，開始啟動某款手遊。

「呃～遊戲名稱有點難記，直接開給妳看好了……啊，就是這個。」

景太順手把標題畫面秀給我看。

結果上面顯示的……正是將〈ＭＯＮＯ〉和〈小土〉……將我和景太的命運牽在一起的那款手遊。

儘管我內心強烈動搖，還是立刻把臉背對景太……等我回神以後——

「沒、沒有耶，我沒玩這款遊戲！沒錯，我絲毫沒碰過！」

——我就不小心對他矢口否認了。

景太納悶似的蹙眉頭。

「咦，是喔？唔～～……可是我隱約記得，上次所有人一起玩的時候，妳好像跟我在同一時間接到活動通知……」

「應、應該是我玩的其他遊戲碰巧和你撞在一起了，不會錯啦。」

我也不明白自己為什麼要說謊，甚至連這對彼此來說是好事或者壞事都毫無頭緒。但至少以目前來說，我只確定自己完全沒做好相認的心理準備……

「唔～～是喔，真遺憾。」

景太沒有死纏爛打多追究什麼，就把手機螢幕關掉了……………

「（奇、奇怪，怎麼回事？剛才我心裡好像覺得深感遺憾……）」

……不、不對，那是錯的！肯、肯定是我有「想跟別人聊遊戲」的欲求才會這樣！絕、絕對不是因為我希望讓景太發現他跟我有命運性牽絆，我才沒有那種娘娘腔的念頭，沒錯，絕不可能有那種事！

「怎、怎麼了嗎，千秋？妳忽然緊握拳頭要做什麼！」

「沒事，沒什麼！我只是在驅逐內心那個軟弱的自己！」

「突然在這種悠閒的日常景象中發憤圖強？為什麼啊？」

景太似乎被我搞糊塗了，還嚇得兩眼發直……活該。只有我在糾結太不公平了………

「（不過不過，既然如此……把所有事情講清楚，對我是不是比較好呢？）」

我重新檢討這麼做的可行性。

以往我都會順著情勢，不由自主就瞞住事情……但是實際上，我應該沒什麼理由要拚命隱瞞這項事實。

有熟人玩過自己的作品固然會讓我因為不好意思而產生一絲絲抗拒……不過事到如今，這也不算什麼了。有機會跟景太……跟自己的理解者大大方方地聊創作、手遊或〈ＮＯＢＥ〉的作品，好處反而大得多才對。

可是我……我卻怎麼也無法跨出這一步。

「（為什麼呢……？）」

當我一邊掙扎一邊走路時，跟自己家的距離仍逐漸在拉近，頂多再兩分鐘就會到。接著……我會把景太忘記的公車票卡夾還他，然後互道再見。到暑假結束為止，至少我們絕對沒機會再單獨見面了吧。

畢竟，目前我跟景太的關係就這樣而已。同屬電玩同好會的我們會跟其他人一起團聚，碰面的話也會像這樣開開心心地拌嘴……可是，也就如此罷了。不是情侶或密友這點自然不用說，根本連算不算朋友都值得懷疑。

天敵；死對頭；勢如水火。用這些方式來形容最貼切的關係。不過……

……對於這樣的現況……我……我……

「……我也希望有所改變啊。」

「！」

景太突然臉朝前面就開始講話了。以為被看穿心思的我嚇了一跳，沒辦法回話，他就害羞似的搔了搔臉繼續說：

「改變軟弱的自己……千秋，妳剛才不就提到自己軟弱還什麼的嗎？」

「原、原來是這個意思……」

我發現景太講的與自己無關，忍不住鬆了口氣。

他則是看似害羞……又有些為難地繼續說：

「像公車票卡夾就是。如妳所說，其實那並不是立刻需要用到的東西。何況我剛才也提過，目前沒什麼具體安排。所以嘍，實際上我根本沒必要魯莽地忽然跑到女生家拜訪。但即使如此，我今天還是像這樣鼓起『不合自己作風』的勇氣，主動採取了行動……」

景太說完就回頭看向我，他的臉跟以前有一些些不同，雖然感覺依舊靠不住，卻又散發出某種氣概。

我忍不住心跳加速……於是，他對我露出苦笑。

「因為我想盡量和天道同學……多接近一點。」

「……和……天道同學……」

我心裡頓時感到刺痛。景太似乎把我這種表情解讀為「聽人曬恩愛很不爽」，就慌慌張張地繼續說：

「啊，不是啦，妳想錯了！呃……好、好像也沒錯耶。那個……公車票卡夾不在手邊，對我這種人來說真的是區區小事。畢竟我難保不會把這當成在暑假中都不約天道同學出去玩的藉口，或者藉故推託別人的邀約……我今天刻意來拿票卡夾，也可以說是為了替自己斬斷那些荒謬的退路……哈哈，說真的，連我自己都覺得矬到不行。」

「…………才……」

才沒有那種事——我連忙克制差點如此脫口而出的自己……因為無論怎麼想，那都不是「天敵」會說的話…………可是……可是……

「（能夠承認自己的軟弱，而且還試著克服求進步……真正軟弱的人根本做不出這種行為喔……）」

我對眼前的男生由衷懷有如此的敬意……可是照我目前跟他的關係，要說出這些想法，總覺得難上加難。

景太無奈地嘆氣並垂下肩膀。

「千秋，以前我好像也有鼓起相同的勇氣去找妳耶。」

「啊，你是說最初來找我講話的那個時候嗎？當時你確實也是鬼鬼祟祟的。」

「妳、妳很煩耶。向同年級裡完全沒有交流的異性開口要求『請跟我當朋友』，這樣做的門檻有多高，和我屬於同類的妳應該懂吧？」

「……的確，我光想像就會抖個不停。」

「對吧？雖然說那也是為了顧到對上原同學的道義，真虧我可以辦到……」

「是啊是啊，景太，現在回想起來簡直不像你會有的舉動。」

「真的耶。哎，幸好對方是妳……」

「咦？」

我不禁放慢腳步，景太卻不以為意地繼續說：

「看到妳一臉開心地在眼前玩遊戲玩得那麼投入，就讓我忘記了跟異性講話的退縮心理。其實我當時好高興，感覺像找到了心靈伙伴一樣。」

「…………」

「哎，結果我立刻就發現那是誤解——咦？千秋，妳怎麼了？」

景太覺得奇怪地回頭看向完全落後的我。

我回神抬起臉龐以後，就急著……搬出平時那些惡毒的話。

「哼，我、我可是備感困擾耶。景太，你有沒有想過女生熱衷於玩遊戲時，卻發現自己不知不覺間被噁心男生猛盯著是什麼感覺？」

「唔！居然全盤否定我這小小的英勇事蹟……太虐心了吧！我真的被虐到了啦！對不起，千秋小姐！感覺實在是我不好！」

「反正以結果來說，我跟上原同學也因此認識了，要原諒你倒不是不行。」

我一邊笑一邊看著景太捧著胸口嘀咕……驀然間，我可以篤定自己的想法。

「（……或許……我還是……想要改變……）」

我微微在胸前握緊拳頭……照這樣來看，我不得不承認了。

我還想跟雨野景太像這樣兩個人一起聊更多更多的話題。

目前，我還無法思考這種心思到最後會通往哪裡。我想，這樣的心思並不能輕易歸類成「戀」或者「愛」還是友誼那些的。

然而，可以確定的是我有希望向前的意志。雖然我根本不明白那是對是錯……但是正因為不明白，我也只能順從本身的心意而已。

「（既然如此……我們碰巧有時間單獨相處，我得趁這個寶貴的機會採取行動……）」

採取行動……沒錯……目前我所擁有的手牌中，只有一張牌能讓彼此的關係產生劇烈轉變。沒錯……在我們走到家以前，我要趁機告訴景太〈ＮＯＢＥ〉和〈ＭＯＮＯ〉的真實身分……！

「………好！」

終於重新下定決心的我抬起臉龐。我不會再迷惘了！景太跟我屬於同類，連渺小的他都秀出了這麼大的男子氣概！只要我努力，同樣能在到家以前把話說清楚……！

「咦？」

「哎呀。我們聊東聊西的就到了耶，星之守家。」

景太忽然一說，我才警覺過來。

於是我重新定睛看去，就發現眼前正是寫著「星之守」的門牌。

………

我默默將玄關前的小小門板「嘰～～」地推開，然後無力地微笑，並催景太進去。

「…………來……請進～～………」

「我從出生到現在第一次聽見這麼不歡迎客人的『請進』！」
從出生至今，我也是第一次對抵達家門感到這麼失落。

＊

「打、打擾了。」
雨野景太一面客客氣氣地如此低聲問候，一面脫鞋。
先進到家裡的我轉頭告訴他：
「現在我爸媽不在，你不用那麼緊張啦。」
於是，景太不知為何頓時停下原本正要踏到走廊上的腳。我以為有什麼狀況，探頭一瞧，他就表情嚴肅地研討起什麼了。
「……雖然說對方是海藻類，男人上門拜訪獨自在家的女生，算不算是對天道同學不忠呢……？」
「什、什麼不忠啊……唉，你放心吧，還有我妹窩在房間裡。」
「啊，這樣喔。呼，幸好。那我打擾了。」
捂了捂胸口的景太踏到走廊，並且擺好自己的鞋子以後跟著我走進客廳…………

「（……仔細一想，他走進有兩個年輕女生的家裡，罪過好像比只有我在的情況更重耶……不過講這些也嫌麻煩，還是別提了。）」

要是害我胡思亂想緊張兮兮的還得了。

我把裝雜誌和飲料的超商購物袋擺到桌上，景太就在進客廳之後東看西看到處張望……動作鬼鬼祟祟的。

「那個那個……景太，你可以拿椅子坐喔。」

「呃，可是，我在進屋前也說過，妳真的不用費心。我拿了公車票卡夾就立刻回家。」

景太一邊這麼說一邊找票卡夾……唔。

「（要、要是你早早回家，我可就傷腦筋了！至少要爭取讓我聊天揭露真面目的時間才行！）」

我不動聲色地從旁邊餐具櫃拿起疑似歸景太所有的票卡夾，然後一邊反手拿著一邊向他提議：

「景、景太，喝杯麥茶再走也可以吧？」

「咦？……………抹布是放在哪裡…………？」

「我不會用擰抹布加料的方式整你啦！到底看我多不順眼！」

我們的相處關係未免太令人絕望了！以前我都沒有放在心上，到了希望彼此親近的現在卻覺得簡直棘手到不行。

景太苦笑著賠罪。

「抱、抱歉，我總覺得不知道該怎樣才好……」

「請你保持平時的本色。」

「嘿～～海帶海帶。」

「對對對，你平常就是這種調調——下次再這樣我就揍你。」

「對不起。」

景太說完便挺直背脊乖乖入座。他遠遠望向陽台外面……然後就不知怎地一臉尷尬似的突然把視線轉開。

納悶的我也看向外頭，就發現……

「啊。」

星之守家洗過的衣物晾在外面。當然，其中也包括了我跟妹妹的內衣褲……

「請、請不要亂看，變態！」

「抱、抱歉！呃，那我還是趕快拿完票卡夾就回——」

「還是准你看好了！請盡情欣賞！」

「妳的想法是怎麼轉彎的啊！不、不對，我不會看啦，我不看。」

景太一邊說一邊匆匆地移動到對面座位……也就是背對陽台的方向。

接著，我跟他就靜靜地用目光纏鬥了幾秒鐘。

「………哦，景太，所、所以你根本連一秒鐘都不想看見我的內衣褲，是這樣嗎？」

「我說啊，妳吃錯什麼藥了？妳今天個性完全走樣了耶。」

「要、要你管。」

「其實我寧願看到妳在外面曬昆布。」

「我才沒有義務把海藻當特色！要說的話，你最近鋒頭不是也被《蟻〇》搶走了嗎！」

「我又沒有把自己個子的袖珍程度當賣點！」

我們就這樣互瞪片刻，到最後便氣呼呼地轉頭不看彼此。

…………

「（………咦，奇怪！我不是想跟景太好好相處的嗎！）」

我們怎麼會像這樣水火不容啊？明明要吵架就跟呼吸一樣自然，但想拉近關係的門檻會不會太高了？

我從餐具櫃拿出玻璃杯，然後朝冰箱伸出手。但是……

「（不行，照這樣下去，景太的行程會變成大口乾掉麥茶就回家……可是，我也沒有將自己的想法整理出任何頭緒……既、既然如此，先跟他拖時間……！）」

如此思索的我驚呼：「啊～對喔！」並且朝景太回過頭。

「我、我可不可以先回自己房間幫手機充電？呃，說不定有收到什麼重要的簡訊！」

「咦？啊，好啊，沒關係……呃，這樣的話，我真的不用喝麥茶還什麼的，拿回票卡夾就……」

「那請你『在這邊等一下』喔！我去去就回來，很快！」

「咦？欸，千秋──」

我不管疑惑的景太，還偷偷帶著他的票卡夾匆促離開客廳。

在通往玄關的走廊上，我打開自己房間的門，房裡依舊是整片陰沉的景象。

發光的電腦螢幕照亮了因為遮光窗簾而顯得十分陰暗的房間。

我瞬間平靜下來……同時，我也感覺到情緒變得極端低落。

「（我真的……想將自己這樣的本質……揭露出來嗎？）」

我喪氣地走到電腦桌前面，將手機接上充電線，並且茫然望著正在運作螢幕保護程式的畫面。

能用這種房間來象徵的陰鬱內在，正常來想根本就不是我會想主動現給別人看的那一面。不過既然對方是〈阿山〉……是〈小土〉的話……

「…………既然對方是景太…………」

喃喃自語的聲音逐漸消融在昏黑當中。

…………

我按下充電中的手機電源並等待開機，然後，我隨手啟動了那款手遊來看。

「……啊，漏拿登入的獎品了……」

以前我絕對不會棄遊戲而不顧。就算要拒絕朋友邀約，我也不會忘記遊戲裡要跑的行程。明明那樣才是我的本色。

如今……雨野景太卻在各方面逐漸奪走了我的時間，還有我的心。

我順手點出手遊的選單，打開這陣子和〈小土〉互傳的訊息。

「加油」、「謝謝」、「得救了」、「不客氣」、「好耶」、「好耶！」。

內容如此簡潔……實在簡潔到了極點，只有區區幾個字的交流。

可是，不知道為什麼——

「…………呵呵。」

望著手機螢幕的我嘴邊盈現笑意，而胸口……更是點起了一絲絲的溫暖。

「（……嗯……這件事……先不要說出來好了。）」

一回神，我自然而然就這樣打定主意。

「（……因為我珍惜他們，無論是〈阿山〉或〈小土〉……雖然覺得不甘心，但雨野景太也包括在內，對我來說，他們真的都相當寶貴。正因如此，往後還是將他們一個個分開來各別珍惜吧……至少我不能為了大幅拉近關係，就冒出把這當賭注的歪念頭……沒錯。）」

我並沒有像平時那樣消極成性而退縮。因為……我自己做了決定……在此當下，我不會勉強自己……這是屬於我自己的步調……

「（……嗯。等將來有一天……我可以自然地笑著對他揭露身分……到時再說出來吧。所以目前這樣就夠了……為了迎接那一天，我只要用自己的方式，用合乎彼此個性的速度……慢慢跟景太……跟雨野景太親近就行了——）」

如此決意的我又疼惜地望向手機畫面，就在此時——

「啊，千秋？剛才突然下起陣雨了，把洗完的衣服先收進來或許比較好……」

「！」

突然被人從背後搭話，我嚇得回頭。結果在打開的房門外面有景太畏畏縮縮地探頭看進來的身影——

「啊？呃，那個，我我我……我明白了！」

——為了遮住畫面，我連忙將手機翻過來蓋在眼前的電腦桌上。可是我的動作似乎不小心震動到滑鼠，這次又換成螢幕保護程式停止運作。結果，電腦螢幕上正好顯示出寫到一半的〈NOBE〉部落格編輯畫面……

「？」

「呀啊啊啊啊啊啊啊啊啊啊啊！」

為什麼我剛決定不講就發生這種事！

我急著胡亂揮動手臂好將電腦螢幕遮住不讓他看到。可是……

「啊。」

這次，我又失手將剛才蓋住的手機甩出去了。

於是飛出去的手機順勢讓充電線鬆脫，還靈巧地利用機殼側邊一路沿著柔軟的地毯朝景太那邊滾過去——

「啊啊啊啊啊啊啊啊啊啊啊啊啊啊啊啊啊啊啊啊啊啊啊啊啊啊啊啊啊啊啊啊啊啊啊啊！」

我一邊詛咒神明一邊打算追手機，卻不小心絆到腳，當場癱在地上。

「沒、沒事吧，千秋？」

有熟人在眼前露出這種慘狀，景太他……自然就撿起了滾到自己腳下的手機，還湊過來

想扶我起身。

「呃，那個，唔，手……手手手機，還有電腦，不可以……」

我張口結舌地只顧著提醒景太不要看手機和電腦。但……

「咦？喔，妳叫我幫忙確認手機和電腦有沒有出問題嗎？等我一下喔。」

那正好成了臨門一腳。

「啊，不、不對，不是那樣……！」

我還沒抗議完，完全出於善意的他就幫我確認手機和電腦畫面了。於是……

「……咦……？」

景太似乎察覺了什麼，呆愣愣地杵著不動。

「……〈ＮＯＢＥ〉……還有〈ＭＯＮＯ〉……？咦，這些是……」

……完了。

「…………！」

會有這麼離譜的事？這種像戀愛喜劇……不對，這種即使在戀愛喜劇中都不容易瞧見的白痴奇蹟發生在現實中合理嗎？

我忍不住滿臉通紅地低下頭……我明白往下看著我的景太希望得到說明…………

「（沒辦法了…………既然事情已經變成這樣……！）」

只能跟景太坦承了……沒錯。也許這反而是個好機會。我動不動就會害怕跟他人交流，這肯定是神明從背後幫忙推了一把。現在的狀況應該不容我慢慢跟景太深交了。畢竟原本就有些為時已晚的味道，就算我不確定自己的心意，也要先催油門讓關係到下一個階段。

神明應該就是如此指示的。

……好吧，我懂了。即使我這副德性……好歹也是個女人。

那就趁現在展現女人的氣概、風骨跟膽識吧！

我立刻起身……然後從景太手裡接過自己的手機，眼中蘊含決心，面對面地凝望他。

「……景太！」

「是、是的！有、有什麼事嗎……？」

景太被我的氣勢嚇得乖乖站直。

在陰暗房間中認真對望的男女。外頭有雨聲，不過那些洗過的衣服已經不重要了……跟景太的票卡夾一樣。我才不想把那當成逃離現場的藉口。

我深深吸了一口氣，然後……我把手機畫面和電腦畫面都清清楚楚地秀給景太看，並且告訴他：

「其實我本來不打算說的……但既然被你發現了，那也沒辦法。趁這個機會把事情說明白吧。」

「唔、唔嗯……」

「景太，我想你應該也早就察覺了……如你所見，〈NOBE〉和〈MONO〉的真面目是……」

「嗯……」

來到這一步，景太也擺出男子漢做好覺悟的面孔。不服輸的我同樣眼睛炯炯有神地——

「…………嗯？呼啊……睡好飽……」

——霎時間，在視野邊緣，有人從位於房間陰暗角落的床上掀開棉被慢吞吞地起來了。

當我跟景太都吃驚地看著對方時，那個人……即使穿著家居服又處於疲倦狀態，卻依然保有某種不同於我的可愛魅力的家妹——星之守心春便一面「嗯～～！」地伸懶腰，一面看都不看我們這邊就嘀咕：

「呼啊～～……姊，妳回來嘍～～抱歉抱歉，我本來想看影片，可是玩情色遊——讀書讀太累，就借了妳的床睡一下——」

心春說到這裡才總算注意到有自己和姊姊以外的人……景太在現場，頓時倒抽一口氣。

「你……怎麼會……」

結果，雖然我不清楚當中有什麼原因，但心春面對景太……露出了似乎並不是完全沒見過面的極微妙反應。

一瞬間——我的腦袋開始飛快運作。

接著，等我回神以後……我已經迅速轉向景太，並朝著大為心慌的他斬釘截鐵地把話說了個清楚。

「沒錯，我妹妹——星之守心春，她正是〈NOBE〉兼〈MONO〉！」

「——什麼？」

在陰鬱的房間裡，男與女的疑惑聲音完全重疊了。此外……

「……哈……啊哈哈哈……唉……」

……還有個連自己講完話都被自己嚇著，只能發出乾笑的稀世女丑角。

——於是乎，今年暑假的某一天，在遭逢陣雨的星之守家。

很不幸地，又有一樁新的誤會就此誕生了。

「你說〈NOBE〉的真面目……是星之守她妹嗎！」

充滿喧囂的漢堡店裡冒出了我——上原祐格外響亮的驚呼聲。

坐在我眼前的男生——雨野景太則是一面用吸管啜飲百圓冰咖啡，一面覺得稀奇似的環顧店內，還用極為平淡的調調回答我。

「就是啊，很令人吃驚對不對？」

「呃，吃驚是吃驚啦……咦，不對耶，可是你……」

我為了讓心情鎮定便大口喝可樂，然後從桌子中間抓了一根已經放到軟掉的炸薯條，在嘴裡嚼得超久。

「（雨野突然說想直接見面，我還以為出了什麼事……）」

這男的……雨野景太還是老樣子，一臉不以為然地就把我料都沒料過的震撼彈扛來了。

「（在我猶豫該怎麼幫星之守的這幾天，他們之間的進展就歪成這樣啦……）」

我用可樂把薯條灌到肚子裡，然後慎選用詞，重新向雨野問了詳情。

雨野花了大約五分鐘把來龍去脈講到「妹妹從床上出現」的部分之後，我就靠到椅背上嘀咕：「原來如此……」

從情況聽來，似乎是星之守的身分差點冷不防地在雨野面前穿幫，情急之下就靈光一現……找了個笨藉口。

當我傻眼地感慨這對寶貝蛋還是一樣不中用時，雨野有些納悶地又說了下去。

「不過當事人〈ＮＯＢＥ〉……心春同學卻沒什麼反應。雖然她大概也睡迷糊了，該怎麼講呢？我覺得她對狀況似乎一竅不通。」

「我看也是。」

畢竟那傢伙又不是〈ＮＯＢＥ〉，哪有什麼竅可以通啊。

我對星之守（妹）感到同情，抓起薯條催雨野繼續說。

「所以呢？後來怎麼了？」

雨野也學我抓著薯條吃。

「嗯，後來我跟千秋先離開房間了。我本來就只是要去告訴她有陣雨，何況在初次見面的女生面前一直讓人家穿家居服見人也不好吧？」

「唉，也對。」

「緊接著，千秋把洗過的衣服收進來以後，就對我耳提面命吩咐：『絕對不准離開客

廳！一步都不准動！懂嗎！』她講完就回去剛才那個房間了……我有告訴她我只要拿到票卡夾就會立刻離開……不知道為什麼，千秋卻一直不肯把東西還來，大概是想整我吧。」

「是喔……」

我對星之守的想法再清楚不過。要是讓雨野就這樣一知半解地回家，她八成受不了。

「之後……大概等了十分鐘吧？千秋拉著換好衣服的妹妹……心春同學到客廳，當場正式重新為我做了介紹。她說她妹妹就是〈ＮＯＢＥ〉，也是〈ＭＯＮＯ〉。」

「呼嗯……當時星之守的妹妹……是叫心春對吧？她的態度怎樣？」

「這個喔，我跟你說。」

雨野往前挺身，感覺是繃著一張臉開口的。

「起初呢，心春同學給我的印象是一竅不通，而且大概是因為剛睡醒，感覺有點邋遢……結果她再次出現以後就像換了個人，問什麼都答得出來，簡直對答如流。」

「對答如流？」

「嗯。怎麼形容好呢……呃～～感覺像在跟最新型美少女ＡＩ講話吧？她答話精準歸精準……總覺得沒什麼感情就是了……」

「…………是喔。」

這男的……雨野景太還是老樣子，眼光只有在這種時候亂敏銳。實際上他感受到的印象應該完全正確。雖然不知道星之守（妹）是不是因為受了姊姊拜託，反正她當時確實就是在扮演〈ＮＯＢＥ〉和〈ＭＯＮＯ〉的角色。

……雖然說雨野多少起了疑心，但對方居然能在剛起床，還只開了約十分鐘作戰會議的基礎條件下，就表現出堪比ＡＩ的完美對答，其演技有令人驚豔之處。這位小妹似乎真的很優秀。星之守（妹）太猛了。

「我這邊也不太曉得該怎麼跟心春同學應對。在兩邊說不上話的情況下，千秋就幫忙做了一些補充說明。她表示自己也是最近才發現有這層關係，還有她就是在猶豫要怎麼轉達才變得鬼鬼祟祟……」

「嗯，完完全全是在補充……」

補充她掰的設定。另外，那肯定也兼有向妹妹解釋情況的作用吧。

「然後，當天我簡單打完招呼就直接回家了……事情到目前為止大概就這樣。所以嘍，結果我並沒有和心春同學聊到什麼深入的電玩話題。」

「這樣啊。應該也是啦……」

實際上，雨野往後還是無法跟她聊「深入的電玩話題」吧，畢竟對方又不是〈ＮＯＢＥ〉或〈ＭＯＮＯ〉本人。從聽到的來判斷，她只是個毫無關聯的正經女生嘛。

雨野說到這裡，就暫時把目光轉向漢堡店內，然後望著歡談的年輕人們嘆了氣。

「總覺得……事情都沒有聊開耶。」

「……我看也是。」

誰教你只是跟冒牌貨做了徒具表象的對話，那當然不會覺得滿足吧。

雨野靠到椅背上，茫然望著桌子的中央一帶。

「……雖然說，我也沒有期待一見面就能跟對方處得像獨一無二的好友。唔～不過這種感覺是怎麼搞的……」

雨野或許自己也還無法得出答案，只見他一臉為難。

「……我到底是想怎樣呢……應該要怎麼做才好呢……」

「這個嘛……」

我開了口想回應些什麼，卻無法多說什麼而沉默下來。

「（……假如雨野曉得星之守千秋才是〈ＮＯＢＥ〉跟〈ＭＯＮＯ〉的幕後真身，他現在應該會高興得更坦然一點吧。）」

以前不好說，最近雨野和星之守的關係倒沒有那麼糟糕。或許是因為雙方已經認清「只有在萌這一點的價值觀不同」，無謂衝突的狀況也就減少了。正因如此，星之守得知雨野既是〈阿山〉又是〈小土〉時，才沒有露骨地表現出厭惡。

雨野肯定也一樣。如果他發現星之守是自己在網路上交流的對象，八成會心生動搖，但是「慶幸」的感覺肯定更強。

然而，雨野跟星之守不同，他並沒有得到這份喜悅。

因為他用心建立的這段關係……被完全不同的人用徒具表象的對話取代了。

「…………」

身為朋友，我覺得雨野怪可憐的，感覺像目睹被人推銷山寨貨的土包子一樣。儘管對買到的東西覺得不太對勁，到頭來卻認為大概是自己有問題。

然而……我現在總不能揭穿真相。因為選擇這條路的不是別人，就是星之守……星之守懷有跟雨野相同或者更勝於他的複雜心結，卻還是自己做出了這樣的答覆。

我用力揉了揉自己的脖子，然後百般躊躇地咕噥著開口說：

「啊～～……唔～～……所以說……那個……心、心春這個女生怎麼樣？」

「？什麼怎麼樣啊？」

「呃……比方說……可不可愛啊……？」

「…………」

「喂，你那是什麼眼神？」

「沒事，沒什麼……上原同學，你真有活力耶……」

「欸，你剛才那樣說是什麼意思！」

「嗯，我很尊敬你喔。坦白講身為男人，我覺得你好有丰采。就是啊……上原同學，用《螞蟻與蟋蟀》的故事來說，你是屬於螞蟻那一邊的人……」

「喂，別把我講得像是只要為了追女人就會不惜下苦功的色胚！還有不要在這種場面用《螞蟻與蟋蟀》來舉例！原本難得的一段『佳話』都毀了嘛！」

「要不然……以《北風與太陽》來說，上原同學你就是太陽！」

「欸，你這次是挑了『脱人衣服』的要素才這樣說吧！」

「以《龜兔賽跑》來說，有兔子用可愛的姿勢睡覺，那你就是悄悄緩慢逼近的烏龜。」

「什麼比喻啊！幹嘛把烏龜講得像是性罪犯！針對我玩這種扭曲的伊索寓言角色分析，你是想怎樣！」

「以《卑鄙的蝙蝠》來說……」

「停！蝙蝠對鳥、獸兩陣營都說『我跟你們是同一國』的故事，我怎麼想都不會有好的比喻！」

我吐槽到這個份上以後，終於停止伊索式攻擊的雨野就問了：

「不然你為什麼要問我對心春同學的外表有什麼觀感呢？她長得可不可愛，和這件事有什麼關係？」

「要、要說為什麼……」

好、好難解釋。畢竟……

「（我是在考量雨野愛上心春的可能性……這怎麼能說啊。）」

實際上，星之守得知〈阿山〉及〈小土〉的真實身分是雨野時，肯定就愛上……這我倒不敢斷定，但至少她看起來有懷著類似的感情。

既然雨野跟星之守有相同感性……我本來以為只要在網路上交流的對象長得可愛，他就算或多或少為此動心也不奇怪……

「呃，你想嘛，星之守三不五時就會賣弄她妹啊，我想知道實際情況是怎樣。」

我講出這種牽強的理由以後，雨野納悶歸納悶，總還是回答了我的問題。

「哎……以外表而言，的確啦，我覺得她是個滿可愛的女生，可愛到用『美少女』來形容也不為過的地步。」

「……那你愛上她了嗎？」

「啥？」

雨野露骨地歪頭。他回話時甚至有種「你腦子有病啊？」的味道。千真萬確的反應。很好，之後我要扁人。

「你有聽我剛才講的嗎？我跟心春同學只有說到一點點話喔。」

「就算這樣……她對你來說依舊是意義深重的〈ＮＯＢＥ〉兼〈ＭＯＮＯ〉吧？這表示

雙方事先在心靈上就有了充分的交流。然後，實際見到面又發現對方是年齡相仿的美女……要是沒有抱持任何一絲好感，反而才不自然吧？」

既然外表和內在都符合喜好，會沒有感覺才怪。可是雨野卻愁眉苦臉的。

「要說的話，我當然喜歡〈NOBE〉和〈MONO〉，也覺得心春同學真的好可愛，還是個規規矩矩的人……」

話說到這裡，雨野就皺起眉頭，並且交抱胳臂咕噥。

「哎……的確，上原同學，你說的或許也有道理。正常來講，在這種情況應該是可以對她抱有好感。至少如果這是戀愛喜劇就該這樣演。」

「是吧？」

「嗯……以情理而言，我覺得相當說得通就是了……」

雨野似乎自己也感到不可思議地搔了搔頭。

「……這該怎麼說呢？……唔～～……根本上的大前提在於目前天道同學這位女性在我心裡太過唯一也太過崇高了。」

「嗯。」

我有種被人隨口曬恩愛的感覺，但是就不計較了。

「坦白講，到發現〈NOBE〉和〈MONO〉是同一個人為止，我其實既高興又榮幸。可是那些情緒……我不太能投射在心春同學身上。所以對我來說，她目前頂多就是『千秋的妹妹』而已……」

「…………」

雨野說到這裡，就有所反省似的抓了抓自己的頭。

「啊，不過我這樣想還是很薄情吧。對方是在網路上跟我有密切交流的恩人……也是我打從心裡尊敬的創作者，實際見面後居然只有這種不上不下的感情。唉，我到底是多內向彆扭的軟腳蝦啊……」

然而……我面對這樣的雨野，卻依舊什麼話也說不出口。

「（雨野……你無法將那些感情投射在對方身上是理所當然的啦。你的想法根本一點錯也沒有。）」

其實我想這樣告訴他，可是……

「（……事到如今，像我這樣子……還有權挑剔星之守的做法嗎？）」

我明知他們倆的關係卻始終默默旁觀，到最後，在上原祐這個自認有權亂牽紅線的混帳影響下……事情就演變成對兩人而言只能以不幸來形容的局面了。

「（……我無權干涉。目前我跟星之守對狀況掌握的程度完全一樣。既然如此，問題就該交由當事人自己裁量。假如像我這樣的局外者在此時能做些什麼，那就是……）」

我把可樂喝完，在這段空檔定下自己的方針，然後鄭重開口：

「喂喂喂，你已經有名叫天道花憐的出色女友了喔。現在不是為了其他女人而囉哩囉嗦的時候了吧？」

「咦？不是的，我完全沒有那種意思……啊，不過也對喔，既然發現對方是身邊同年齡層的女性，在網路上繼續用以往那樣的方式跟她相處大概也會有問題……」

我對咕噥的雨野表示「不」，並且繼續說：

「這部分倒能保持跟以往一樣吧？直接把〈NOBE〉當〈NOBE〉，〈MONO〉當〈MONO〉來相處。然後，跟那個叫心春的小妹本人盡量不要有接觸。這樣就行啦。」

可是，雨野對於我的意見卻一副覺得奇怪的樣子歪頭。

「咦？我個人……滿中意你說的做法就是了。不過，雖然那樣只是在網路上跟身邊的女生親近，但以有交往對象的人來說還是不太好吧……？」

「你在說什麼啊，雨野？我也會跟亞玖璃以外的女性朋友傳簡訊啊。何況你跟星之守以及亞玖璃還不是照樣有來往？」

「那是因為……我原本就跟她們認識……」

「差不了多少啦。假如你能接受那樣，在網路上跟人來往也算不了什麼吧？保持下去啊。反正你又不是別有所求。」

「唔、唔嗯……哎……是這樣嗎？假如可以……就保持那樣好了……啊，不過，我想還是先跟天道同學講清楚——」

「不用不用，不必跟她說啦。我倒認為特地說這些，天道也會感到不愉快。」

「……是這樣嗎？呃，的確……或許有自我意識過剩的感覺……」

當雨野開始苦惱時，我就一口氣吃完剩下的薯條，然後端起托盤離開座位。

「所以嘍，你就跟〈ＮＯＢＥ〉還有〈ＭＯＮＯ〉保持以往那樣！不要和心春見面！更不要向天道報備！這樣就萬事ＯＫ！好了，解散！」

「咦？等、等一下啦，上原同學，我的咖啡還沒有喝完——」

「走就對了啦，雨野。」

「等、等我！……囌囌囌……咳咳咳咳！」

雨野沒空反駁我擅自推給他的結論，就急著邊吸飲料邊起身。

我先是對這樣的他擺出壞心笑容，接著就手腳迅速地把托盤放到回收台，再順勢走向漢堡店出口。

……反應不良的自動門上映出了卑鄙蝙蝠男滿臉苦澀的模樣。

＊

在那之後過了一週。

要提到我在這段期間做了什麼……簡單來說，就是在歌頌「美好的暑假」罷了。

我試著投入內容輕鬆的短期打工，跟女友及朋友們出去玩，沒有安排行程的日子就窩在家裡衝遊戲進度，甚至還安排幾天後要跟家人們去一趟短暫的海外旅遊。

十分輕鬆、愉快、幸福、無壓力……正因為這樣，不時就會覺得「有所牽掛」，為了紓解這樣的牽掛就要再玩，過著「普普通通」的每一天。

「……………結束了。」

我坐在自己房間的床上嘀咕，面前的電視螢幕上正播放著呈現方式毫無巧思的製作班底名單。我無心地發出嘆息，然後將遊戲手把甩到一旁。

「…………」

我撫弄稍微變長的鬍子，並且盯著一成串不會記到腦子裡的製作公司及工作成員名單……玩了四十小時之久的作品進入結局，目前我的內心卻沒有縈繞什麼感觸。

這款作品以遊戲來說並不算特別無聊，輕快的戰鬥及培育要素尤其有意思，我忍不住就在破關前將各項內容玩到透徹了。

然而正因如此，能練的內容都練完了，結果義務性挑戰的最終頭目毫無刺激性可言。雖然純粹是因為我方人馬太強才讓戰鬥淪為一板一眼的作業，不過更重要的是，由於將主線劇情擱置了一陣子跑去練其他要素，我變得不太能融入主角等人的情緒。

另外，在等級練滿的主角等人對付形同雜兵的最終頭目時──

「唔！實在太強了。」「我們怎麼可能打得過這種敵人……」

遊戲穿插了這種台詞也是一大痛處。假如用標準的等級來挑戰頭目，大概會非常刺激就是了……多虧如此，我格外意識到：「啊，這只是遊戲嘛。」在這種狀況下，心情要怎麼跟隨故事進展而起落呢？

從配樂可以判斷製作班底名單似乎還有得看，我只好拿起手機打發時間。

「（……這麼說來，最近都沒有跟雨野還有星之守聯絡……）」

我們原本就沒有那麼頻繁地互傳訊息的相處關係，不過在暑假中連到學校碰面的機會都沒有，聯繫就越來越薄弱了…………不對。

「（…………我在逃避他們，這也是原因吧……）」

平常的我就算定期提議「來舉行電玩同好會的活動吧」也不奇怪。可是，目前我內心之所以絲毫沒有這種意願……

…………

「啊，居然結束了……」

一回神，電視螢幕中的製作班底名單已經全部播畢，遊戲回到標題畫面……這沒有什麼不好，但最後既然只是回到標題畫面，都沒有演出尾聲，我會懷疑自己到底為什麼要被逼著看一大串陌生名字長達幾分鐘。

從床上起身的我關掉電玩主機的電源，房間裡頓時一片安靜。

「………受不了……」

為了一掃鬱結的情緒，我決定出門散個步。

這附近的混混大多跟我有交情……完全沒這回事，話雖如此，現在是鄉下地方的暑假期間，只要白天到鬧區繞一繞，人面廣的我輕易就能遇見熟面孔…………原本應該是這樣的。

「為、為什麼今天偏偏遇不到任何人……？」

明明我跟亞玖璃約會時就包準會在不太想被熟人消遣的狀況下遇見電燈泡，換我想找人就立刻遇不到，這算什麼？

「我的人生在遇敵管控這方面未免做得太爛了……」

大概是直到剛才都在玩RPG的關係，我講出了活像雨野的比喻。

額頭冒出汗水，我用手背使勁擦掉。於是，撥開的其中一顆汗珠就滴到還算新的運動鞋了。我不禁板起臉孔，用跨大步的方式來洩憤。

「（……出來轉換心情卻弄得更不爽，無濟於事嘛。）」

再這樣漫無目的地在街上遊蕩似乎也不會讓情況好轉。話雖如此，我本來就沒有明確的目標。

想了一會以後……我只好朝電玩中心走去。

「（在家玩電玩，到外面還是玩電玩……我之前是這樣的嗎？）」

雖然我本來就喜歡電玩，但是最近會這樣明顯是受了雨野跟星之守的影響。

誰教他們在同好會老是聊電玩聊得亂開心一把的……

「（而且實際玩了以後，也沒他們說的那麼有趣。）」

雨野以及星之守打從骨子裡就是電玩咖。儘管他們並不是技術高超或知識豐富的那種玩家，但他們屬於對電玩領域本身有著深厚喜愛的玩家。

因此他們倆聊電玩時，基本上起手式都是：「某某遊戲的某某部分好好玩！」「這部分超棒的！」「這一段有夠讓我感動！」只會越聊越High，很少會談到負面的部分。於是，在旁邊聽的我自然會覺得「好像很有趣！」而跟著去玩……結果才發現也不是那麼回事。

然後，等我對他們表示不滿，那兩個傢伙居然都一臉若無其事地表示：「嗯，對啦，那款遊戲並不算多傑出的名作啦（喔）。」坦白講，我實在氣不過，但他們倆實際上都沒有惡

意的樣子。

我最近才領悟到這一點就是了，雨野和星之守的「電玩評論」似乎往往比他們用來當主題的遊戲本身有趣好幾倍。

跟老門道的電影迷推薦B級片一樣。當成批評的題材來聽時會捧腹絕倒，實際一看……唉，就是部挺無聊的B級片，讓人有這種感覺。

然而，由喜愛這些的同好來聊，頓時就會High到令人怪羨慕的地步。

何況平時話少、內向又怕生的雨野和星之守只有在這種時候才會敞開心房歡談，那幸福洋溢的感覺實在是……

一回神，我想起了電玩同好會的那些景象，不知不覺就變得笑吟吟了。

「（真想再聽他們聊推薦的遊戲，看那兩個人要好地打開話匣子——）」

——可是，我想到這裡才猛然警覺。

「（……或許他們兩個已經沒有機會再像那樣講話了……）」

星之守依舊懷著天大的祕密及謊言。

雨野身為天道的男友，對於跟其他女性來往也自有顧忌。

他們倆這樣……根本不可能聊得像以往那麼開懷。

……那我…………………

「（……不，錯了。這不是我該煩惱的事情。是我太傲慢了，我不能妄自干涉這些事，要由他們自己來決定。）」

我甩了甩頭將雜念拋開，彷彿在逃避什麼似的快步朝電玩中心走去。

*

我獨自到電玩中心時，大多是玩格鬥遊戲。

畢竟跟亞玖璃來就會熱衷於抓娃娃機，跟朋友來則會配合當時的情緒玩這玩那，但如果自己一個人，無論如何都會物色格鬥遊戲。雖然我在家沒那麼常玩格鬥，來電玩中心就會莫名其妙受到吸引。

「（因為有種「ＴＨＥ　電玩中心」的感覺啊……）」

坦白講，格鬥遊戲在這年頭也不算電玩中心的當家紅牌了。然而，至今我還是覺得坐在格鬥機台時最有「啊，我來到電玩中心了」的充實感。

我進店裡以後，就一邊繼續尋找熟面孔一邊走向電動玩具遊戲區。不過何止看不到熟人，連顧客本身都偏少。

至於格鬥遊戲機台區，能看見的只有將短袖連帽衣的帽子蓋到眼睛前，忙著用老練手法搓搖桿，明顯散發出高手氣息的人而已。

我稍微放輕腳步聲走過對方背後，並且從稍遠一點的地方著手物色自己要玩的機台……我並不排斥跟人對戰，可是在電玩中心特地找朋友以外的人挑戰也不合我的作風。

於是，我在剛才那個客人的視線範圍外找到了疑似新款遊戲的機台。

機會剛好，我立刻坐到那邊，然後從錢包裡掏出幾枚百圓硬幣開始玩。

「（對喔，之前我也跟雨野用格鬥遊戲對戰過，雖然不是玩這款……）」

那一天帶來了讓我們變得像這樣常常講話的契機。明明只是幾個月前的事情，我卻覺得好懷念。

「（……不過，那傢伙真夠弱的耶。）」

世人常說：有愛才會進步。但我覺得這話用在那傢伙跟電玩的關係上就不貼切了。雨野似乎也會跟他弟弟玩對戰型遊戲，所以應該不至於極端缺乏玩格鬥遊戲的經驗……為什麼技術會那麼沒有長進啊？

儘管腦子裡想著這些，我還是開始玩遊戲。角色只要外表看得中意就好，我選了耍酷的青年型男角。我本來就不是為了練到爐火純青才玩這款遊戲，我是來轉換心情的。既然如此，從一開始就不用管那些教條，照自己的想法玩才對，這是我個人的觀點。

話雖如此，這個耍酷的男角意外好用，遊戲系統也屬於極傳統的類型，因此我過關斬將還滿順利。

然而，來到第四關以後，即使實力不像雨野那麼弱，我在天分方面不算多有自信又初玩這款遊戲，難免會覺得吃力。

就算這樣，在運氣輔助之下……我還是勉強過了第四關。不過照這種步調，要過第五關自然就難了。

三戰兩勝的賽制中，第一局是被電腦先馳得點，而且對手還有半條以上的體力就贏了。沒有退路的第二局。比先前要善戰一些的我耗掉了對手的半條體力，我方角色卻已經瀕臨死亡，用防禦依然會逐漸失血……這樣的話，就發動猛攻賭看看能不能逆轉吧——原本我正打算這麼做，就在此時——

「唔？」

畫面突然切換。我還以為出了什麼狀況……結果沒什麼大不了，有人投幣挑戰。恐怕是剛才那個穿連帽衣的人吧。再說，這一帶也沒別人了。

或許對方稍微幫了點小忙……我剛這麼想，機台對面就傳來莫名大方的招呼聲。

「多多指教～～」

「咦？啊，好的，請多多指教……」

疑惑的我如此應聲……並不是熟人以外的人來挑戰或打招呼這件事讓我疑惑。這種情況

稀奇歸稀奇，有在電玩中心打格鬥遊戲就多少會碰到。

比起這些，我疑惑的是……

「（……女的？）」

招呼詞雖短，不過確實是女性的聲音。這麼說來，從短袖連帽衣伸出來的手臂及手掌似乎又細又漂亮……不過先前看到的運指功夫更令人印象深刻，我就擅自把對方想像成男性。

「（雖然說，也不會因為這樣就有什麼顧忌……）」

這並不是對上女性就要放水的狀況。假如是跟亞玖璃對戰，我大概就會為了讓雙方都玩得開心而適度留手……但對方顯然是比我高竿的玩家，應該不用花這種心思。

角色似乎可以重選，但我還是繼續用耍酷男。另一方面，對手則選了外表只像來搞笑的熊熊布偶裝角色。

「（喂喂喂……反而是她在對我手下留情嗎？）」

雖然我不清楚熊熊的實際性能……可是那怎麼看都不像中規中矩的角色。

瞄向機台上貼的簡易招式表，也可以發現她那個角色盡是一些名稱奇奇怪怪的招式……

而且上面寫的全是感覺難用的摔技。

「（………受不了，搞什麼啊……？）」

我有點不爽。明明只是來玩遊戲轉換心情……卻要被陌生高手用瞧不起人的打法痛宰，開什麼玩笑。

我重新在椅子上坐穩，並且挺直背脊。

「（……好，專心跟她打吧。）」

我心裡燃起奇妙的鬥爭本能。這陣子都沒出現過的情緒。我不想輸。不，就算會輸，至少也要給點顏色瞧瞧。

我悄悄地鼓起這樣的鬥志上陣。

〈ＦＩＧＨＴ！〉

於是乎，我在第一局開場就迅速輸入指令，用能源彈發動遠距離攻擊。顧不得形象了。

「（不好意思，用這種沒意思的方式對局，但我就是要照常理跟妳保持距離！）」

以遠距離攻擊來對付使用貼身招式的角色……我用了這種合情合理卻有失趣味的戰法。

正如所料，對手用的那隻熊只能頻頻防守，體力在防禦下正一點一滴被我逐漸磨掉。

得意的我一再使用相同的招式。雖然我明白這樣對局不太有意思，但我今天就是想找人出氣。

「（哎，說實際的，反正對方應該馬上就會找出對策貼過來……）」

這種戰法屬於老套中的老套，如今遊戲本身多少也會考慮平衡。所以說，既然並非無懈可擊，在高手面前自然就會輕易被破解……原本應該是這樣的。

「（奇怪？）」

意外的是熊熊並沒有順利進攻。多虧如此，我光用這套就耗掉對方約三分之一的體力。來到這一步，我心裡難免有了迷惘。

我用這種戰法是把「兩三下就會被破解」當前提，因此疑似能完封對手便感到不安了。

「（這款遊戲該不會沒有調整平衡吧？既然如此……）」

這麼想的我考慮停下遠距離攻擊……就在這個瞬間——

「什……！」

忽然間，熊熊從之前的頹勢搖身一變，開始運用極為靈巧的跳躍及防禦靠過來。

「（混帳，她根本都知道要怎麼應付嘛！）」

我連忙從能源彈連射切換成近距離迎擊的招式，熊熊卻連這些都漂亮擋下了。

一回神，我的角色就被熊熊用近距離摔技狠狠修理得嚴重失血。

「（不妙，這樣下去會被翻盤！）」

從行雲流水的動作來看，對方果真是老手。被貼得這麼近，之後只要再被摔個幾次就玩完了……儘管我已經做好這樣的覺悟……

「（奇怪……？）」

熊熊不知為何又拉開距離了……對方的戰略依舊讓我搞不太懂。難道我被輕視了嗎……

想是這麼想，可是對方再度開打後又展現驚人的技術……顯然是用全力在跟我鬥。

這種不可思議的對打重複了幾次……結果，我當然輸掉了第一局。熊熊在畫面中高興得蹦蹦跳。

然而，不可思議的是……我現在倒不覺得火大了。而且，我也不會對雙方的實力差距感到絕望。

「（說來說去，我也耗掉了對方半條以上的體力嘛……）」

感覺並非絕對打不過。儘管對方用了奇妙的戰略……卻不至於讓我覺得瞧不起人。

於是，我懷著不可思議的心情迎接第二局……

「……好像……是我贏了耶……」

勉強還剩一滴滴體力的我打贏熊熊了……坦白講，從發招的精確度及其他方面來看，對方顯然技高一籌。但是，還不到勝利無望的地步。該怎麼說好呢？對方似乎屬於「飄忽不定」的對戰風格。

「（啊……對喔，這個人好像都不會用固定的連段。）」

格鬥遊戲有許多被視為「成規」的套路，跟圍棋或將棋一樣，只要順著套路操作就可以穩當地獲得一定成果。要舉極端的例子，在格鬥界甚至還有所謂的「無限段」及「賤招」這種「只要正確輸入指令，就能讓對手完全無法還擊而取勝」的套路存在（當然官方發現那些

套路後大多會有所因應並改正就是了）。

所以說，我印象中的「格鬥遊戲高手」，基本上都是把這些套路背到滾瓜爛熟的類型。他們懂得許許多多占上風的固定手法，還會配合戰況做適切的運用。

門外漢當然不可能贏過這樣的技術。正因如此，當我看到對方似乎是高手時，就已經有被痛宰的覺悟，然而……

不知道為什麼，這個人卻完全不用那一類的「成規套路」。

「（儘管如此，她的運指還是賊到不行……感覺並沒有徹底放水的意思……）」

不可思議的對戰感……不，我就明講好了。

坦白說，我打得很愉快。跟雨野或星之守他們又不一樣……這是所謂「動真格」的遊玩方式，但我一點也不排斥。倒不如說，有這麼厲害的高手願意認真地對付我，我甚至覺得榮幸。

於是，我迎接了最後一局。

回神以後，我發現自己是帶著笑容在挑戰那隻熊……緊接著，我雖然沒有遭到完封，但這次真的被教訓到體無完膚了。

「…………哈哈。」

我望著自己的角色倒下的畫面，卻稍微笑了出來……打格鬥輸得這麼痛快……對我來說還是頭一次。

我從座位上起身，拿起行李就走。當我經過對面座位時，就簡單地向她打了招呼致意。

「謝謝指教。哎，妳超強的耶。我打得很愉快。」

「啊，不客氣。」

帶著兜帽的女性熟練地回應我，一邊又立刻把目光轉回跟電腦對戰的畫面。

我本來想直接離開現場……不過，沒想到這次換成她主動叫住我了。

「你技術也很好。嗯，那是一場好比賽。多謝嘍。」

「咦？沒有啦，哪的話……」

老實說，我的技術絕對不值得讓這種高手誇獎，因此我疑惑地停下腳步。

她一邊搓著搖桿跟電腦對戰，一邊繼續對疑惑的我說：

「因為和花工夫思考進攻方式的玩家比賽，會有不錯的練習效果。」

「呃……不過，我是初學者耶。」

「沒關係。以練習對象而言，你反而比自稱老手卻只會用流行戰術的玩家還寶貴。」

帶著兜帽的女性簡單地斷言。這個人感覺亂帥氣的。

我覺得自己變得不方便離開，就湊到那個人的背後，稍微見識一下她和電腦對戰的狀況……欸？

「……呃，妳果然超厲害的嘛……」

女性漂亮地撂倒電腦操縱的對手，手法精彩到讓人懷疑之前怎麼會跟我打成那樣。她並沒有對我露出刻薄的態度，只是淡淡地回應：

「老實說啦，我現在並沒有花心思在打。」

「放空心思就會變厲害？反了吧？」

「並沒有。畢竟這只是把學到的技術用出來罷了。相反地，要學新東西的時候就要專注，也會出錯，還要進行嘗試，所以會變弱。」

「這、這樣啊……原來如此。難怪……」

原來她並沒有用成套的連段或戰術一口氣打倒我，同時還是認真在對局，才沒有給我瞧不起人的印象。

我坦然感到佩服地嘀咕：

「總覺得……妳超猛的耶。難怪技術這麼好……跟我這種人差遠了。」

她卻沒有特別高興，只是淡淡地回話。

「會嗎？基本上，我跟你面對遊戲的態度應該一樣，縱使花的時間與熱情多少有差別。要說差得遠，應該是像我學弟那樣……」

女性說到這裡，似乎就想起了什麼而止住話語。

間隔片刻，她突然問我：

「對喔，還沒有問你的名字。」

「咦？妳說……名字嗎？」

我想都沒想過會在這種一面之緣的情況下被問到名字，因此有點心慌。結果沒什麼空閒思考的我就在反射之下，略為結巴地答出名字。

「我、我是叫上、上原……」

「梅原？取這種外號，還真是天不怕地不怕……」

「上原啦！我姓上原！誰在跟妳說外號…………外號？」

我歪頭表示不解，這時候遊戲剛好進入中場休息，女性便轉過頭來。

「啊，抱歉，你講的是本名喔？哎，因為你給我在電玩中心混得很熟的印象，我還以為你講的是在電玩中心用的外號。失敬失敬。」

「喔，原、原來如此……」

「真的對不起喔。哎，我這樣不行，完全被業界荼毒了。」

「不會啦，我才該道歉……」

在這種情況下照樣報本名的我反而才丟臉。我後悔地搔頭……於是，女性就咧嘴微笑……然後輕輕摘掉兜帽。

漂亮得令人意外的美女頓時現出真面目。當我看得說不出話時……她依舊帶著有些狐疑的眼神……同時也柔和地微笑著開口。

「我叫大磯，大磯新那。這是如假包換的本名。好啦，我們扯平了。」

＊

「咦？原來妳是我們學校的學姊，還是電玩社的人喔？」

「對啊，沒有錯。話說你也讀音吹啊，冒牌梅原？」

之前那場對戰打完後過了約十分鐘。目前我們倆正在電玩中心的自動販賣機區旁邊，靠著牆壁喝罐裝飲料。

我一邊看小學生們圍著人氣卡牌戰鬥遊戲機台鬧哄哄的模樣，一邊大口灌下薑汁汽水。

「是喔……居然這麼巧。」

「你太誇張了啦。暑假來街上閒晃，滿容易碰到同校學生吧。」

新那學姊一邊說一邊帶著有些萎靡的調調喝Dr. Pepper……順帶一提，「新那學姊」這個稱呼是她本人指定的。據說她平時在電玩中心只用「新那」自稱。

另外，關於她稱呼我的方式……

「冒牌梅原，你是二年級對吧。」

「是的，沒有錯……呃，話說，妳還是別那樣叫我啦，好不好？」

「你是指什麼？啊，冒牌梅原嗎？不要，我不改。因為這樣好記。」

「可是那一點都沒有正面印象吧？我不想掛個冒牌的頭銜啦……」

「叫你冒牌不服氣？要不然……『正宗梅原』、『元祖梅原』或是『梅原真打』，選一個吧。」

「什麼選項啊，搞得像妖怪〇錶一樣。我的本名根本就不叫梅原，臉皮是要多厚才敢那樣自稱啦……還是叫冒牌梅原就行了。」

「是嗎？那就好……嗯，這樣叫果然不錯，有趣又好記。」

新那學姊淡然地這麼回答我……一開始只是她稍微錯聽成梅原，後來冒牌梅原的稱呼居然就這樣定型了…………外號這玩意真恐怖。

我多灌了一些薑汁汽水到喉嚨裡，然後重啟話題。

「倒不如說，跟學姊讀音吹這件事相比……妳參加了那個電玩社還比較讓我訝異。」

「電玩社比較讓你訝異？為什麼？」

「呃，我朋友曾經跟電玩社鬧出問題。他是叫雨野啦……」

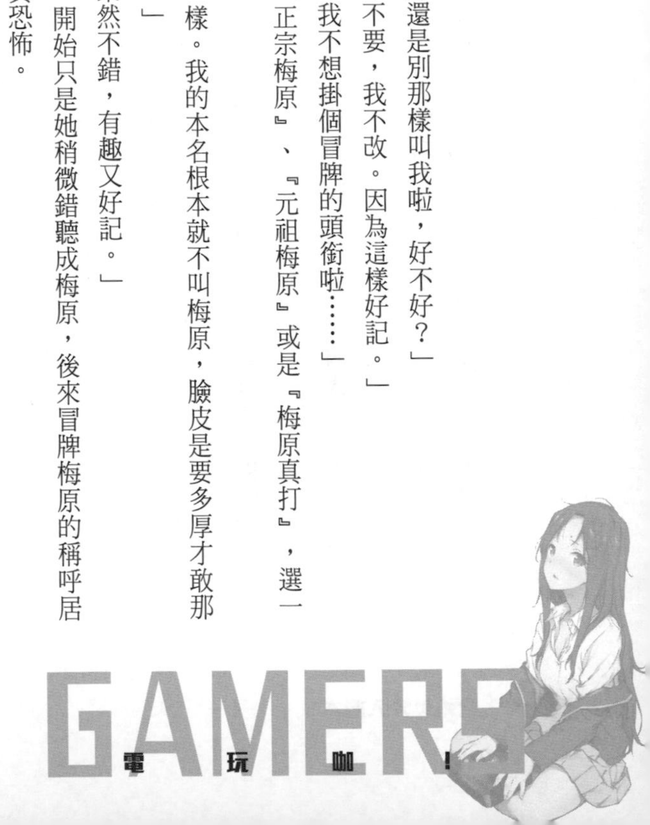

我這麼回答以後，新那學姊難得將狐疑的眼睛睜大朝我看了過來。

「原來你是他的朋友。這麼說來，你們一樣讀二年級嘛。」

「我們是同班同學。而且虧妳記得他耶，新那學姊。妳跟雨野應該只有在參觀社團時見過一次吧？」

「哎，畢竟他現在成了我們家天道的男友。」

「原來如此……不過就算是這樣……」

「……因為天道都會毫無惡意地在社團裡隨口曬恩愛啊……」

「是、是喔……」

感覺有畫面浮現在眼前。請學姊節哀。

「啊，不過就算沒這層因素……那個學弟還是讓我亂有印象就是了。」

這時候，感到不可思議的我忍不住問了。

「妳是說雨野嗎？說白了是不太好聽，可是他乍看之下不太起眼吧？」

「啊～～是沒錯，他超不起眼的。在電玩技術方面也是，毫無看頭與天分。像那種愛玩又玩不出名堂的男生並不常見喔。」

「唔……」

話是這麼說沒錯……但我有點不方便回應。身為朋友，我想替雨野撐腰，不過他的技術確實就是爛……可是……

在我心裡感到糾結的下個瞬間──

「不過，我對他……會覺得有點羨慕。」

沒想到新那學姊就代我說出心聲了。當我為此吃驚時，新那學姊便遠遠地望著那群在電玩中心開心玩鬧的小學生。

「……對我來說，玩電玩的醍醐味在於體認到自己進步的那一瞬間。所以嘍，坐擁常套戰術吃定人的那種傢伙，還有專宰菜鳥還嘲笑人的那種傢伙……總之只要是『不求上進的人』，我就完全不能理解。我會想問他們：那樣有什麼好玩嗎？」

「嗯，我懂耶。」

我也是常跑電玩中心的人……自然就有一兩次不好的回憶。雖然那也算在電玩中心才能經歷到的事。

「不過……那個叫雨野的學弟勇於拒絕入社時，雖然沒像天道那麼誇張，但是我跟加瀨也都受了滿大的衝擊。該怎麼說呢……坦白講，之前我們對他──他那種玩遊戲的風格都抱有一些『輕視』的味道。」

這番話也稍微戳中了我的痛處。新那學姊又繼續說：

「那樣的他……帶著顯然不輸我們的堅定信念表示『拒絕』時，說來滿怪的就是了，我

們都是在那個時候才首度把他當成『他』來認識。應該說，我發現自己在不知不覺中變得只會看別人的『遊戲技術』，感覺好羞恥。不過那時候已經在各方面都來不及了。結果，後來我跟加瀨都沒有機會跟他碰面，心裡就留下了疙瘩，對於雨野景太這個人。」

「原來如此。」

我在各方面都有同感……話說，雖然我聽說過那傢伙拒絕電玩社邀約的事……原來他是在這麼有魄力的社員學長姊圍觀下斷然拒絕啊？那莫名堅強的心智是怎麼搞的？

當我幾乎對屬於落單族的同班同學感到傻眼時，新那學姊又淡然地說：

「話雖如此，結果我玩遊戲的風格也沒有變就是了。雖然我變得可以認同他那種享受樂趣的方式……但我自己享受樂趣的方式也沒有道理被否定。」

「啊，我想雨野也明白這一點。」

「我看也是……正因為這樣，對此我跟加瀨都有點不甘心。」

「那種感覺我懂耶。被雨野激起佩服的想法，心裡會覺得不爽。」

「就是啊。」

我跟新那學姊互相笑了笑……事到如今，我才發現這個人是個大美女……心裡不由得有點小鹿亂撞。之所以如此……

「（話說我怎麼隨口就跟美女搭話，還跟對方有說有笑的啊？我不就是因為這樣，才害亞玖璃擔心嗎？）」

「？怎麼啦，冒牌梅原？看你突然猛抓自己的頭髮。」

「沒有……我只是對差點徹底變成萬人迷的自己感到恐懼……」

「抱歉，你在講什麼？聽起來滿噁的耶。拜託告訴我那是玩笑話，冒牌梅原。」

新那學姊顯得完全不敢領教。我收斂表情，正氣凜然地改口：

「我是在開玩笑。」

「唔哇～那你超沒有天分的。」

「啊，所以不管怎麼說都會降低學姊對我的好感嘍。」

「是啊，感覺你剛才那樣講就卡關了。」

「唔。那我該怎麼做才能挽救……」

話講到一半，我才猛然警覺：呃，我在說什麼鬼話？

為什麼我非得向亞玖璃以外的女生爭取好感？上原祐，說真的，這不就是你最大的毛病嗎？你真的得替自己八面玲瓏的氣質想想辦法。就是因為你對任何人都溫柔，都擺好臉色……到最後反而虧欠了離自己最近的人。你傷害了……亞玖璃。

——這時，大概是我突然表情嚴肅地低下頭的關係，新那學姊難得一臉慌張地說：

「啊，抱、抱歉，冒牌梅原，我並沒有意思要傷你這麼深……」

「咦？啊，不是的。我只是在想跟學姊完全無關的其他女生。」

「……這樣喔。冒牌梅原，你對我來說算敵方角色之類的嗎？」

「怎麼會！我才沒有害女生傷心的興趣！我又不是雨野！」

「這種時候還順便拖朋友下水是怎樣？你是人渣嗎？」

「不是啦！妳誤會了！請相信我，新那學姊！」

「冒牌梅原……」

「啊，只是請妳別『迷上』長太帥的我喔！」

「這倒不用擔心。冒牌梅原，你目前在我心中的評價已經低到絕望了。」

「呼，太好了。畢竟要是讓學姊愛上我還得了！」

因為新那學姊真的是個美女，也是個好人。我就是這麼想才會開口打圓場……可是，學姊卻不知道為什麼在顫抖……會是失戀造成的輕微刺激嗎？

「…………冒牌梅原，你好厲害。我在人生中或許是第一次有這麼大的心情起伏。」

「？啊，會不會是戀愛的前兆？好險好險。」

「是啊，好險的部分我有同感……幸好我身上沒有帶刀。」

「刀？」

難道這是「幸好命運的紅線沒有被切斷」的意思嗎？新那學姊真是太讓人憐愛了。不過我有亞玫璃了，所以完全不會受動搖。

不過，再這樣跟學姊親密地聊下去也不是辦法。我喝完罐裝飲料，把罐子甩到自動販賣機旁邊的垃圾桶，然後看向新那學姊。

「那麼……我想我差不多該走了。今天真的謝謝學姊了。」

我這麼一說，片刻前還忙著捏爛手上空罐的新那學姊也一下子就擺回淡定的表情回話：

「啊，是喔？嗯，我才要謝謝你陪我對戰。因為今天都沒有人來，你實在幫了大忙。那是不錯的練習。」

學姊突然表示感謝，讓我稍微吃了一驚……忽然間，我忍不住想問：

「呃……最後可不可以讓我問一個冒犯的問題？」

「可以啊。反正要比你剛才那些發言更冒犯也不容易。」

「謝謝學姊。那我想問的是……新那學姊，妳為什麼可以那麼投入於電玩呢？」

「嗯？」

我看到新那學姊不解似的偏頭，連忙緩頰說：

「不、不是啦，我完全沒有瞧不起電玩遊戲的意思喔……不過，說是這麼說啦，我們玩的就是遊戲嘛，基本上會當成『娛樂』。所以我在想，像學姊這樣的美女要找娛樂的話，其他的選項應該多得是吧……？」

我自己的現況是隨時都表現得太過八面玲瓏而差點失去一切。為了尋求打破局面的提示……我央求似的向感性與自己完全不同的新那學姊發問。

於是新那學姊一邊把自己的空罐丟進垃圾桶，一邊「唔～～」地給了回應。

「……這種事，需要回答嗎？我覺得那是明顯到不好意思說明的道理耶……」

「明顯？呃……意思是……沒有其他事情好做嗎？」

「不是喔。像我也覺得吃美食、看漫畫、和朋友聊天很開心啊，畢竟我是凡人嘛。」

「既然這樣……為什麼只有電玩的比重那麼高呢……？」

「拜託，那還用說。」

這時候……新那學姊有些害羞似的笑著回答了。

「因為我喜歡嘛。喜歡到就算犧牲一些別的東西也沒有半點後悔的程度。」

「…………」

「說來遺憾，像我這種凡人能分配的資源為數有限。我並沒有厲害到能將所有東西都抓到手裡。所以嘍，假如想認真追求喜歡的東西，就會有或多或少為此吃苦頭的覺悟。」

「……學姊會對電玩付出好感，說到底還是因為打格鬥遊戲有天分嗎？」

我這麼一問，新那學姊就不知為何哈哈大笑了。

「一點也不。我想我根本就沒有天分。證據就是我在新遊戲剛推出時的勝率真的超慘，看都不忍心看。」

「這樣的話，學姊為什麼會……」

「我說過啦，因為喜歡嘛。」

新那學姊又斬釘截鐵地如此回答。不知道為什麼，她那樣的表情……跟雨野以及亞玖璃有幾分神似。

「既然有心想在喜歡的事情上面拿第一，有沒有天分很重要嗎？」

「…………」

忽然間，我的腦海裡浮現了亞玖璃的身影。當我懷疑她也許喜歡雨野的時候……就算那樣，我心裡會有「認命地乖乖抽身」這種選項嗎？

新那學姊又說：

「那樣的話，就只能看著前方邁進吧？為了進步，要主動找比自己強的人拚命吞敗，根本沒空為了打贏比自己弱的對手而高興。因為我想要的並不是僅僅那一次的短暫勝利，而是戰勝自己的勝利。實際體認現在的自己比過去的自己更強。我最想要的就是這樣的認知。」

想知道現在的自己比過去的自己更強……是嗎……目前，我到底能不能這麼認為呢？直

到前一陣子，我都敢篤定跟過去那個書呆子相比，現在的我是個好上千百倍的人。實際上，我自認在外表方面大有進步。

然而……真的是這樣嗎？難道現在的我就沒有失去當書呆子時才有的許多強項嗎？

當我陷入思緒的迷宮而杵著不動時，新那學姊依然用事不關己的語氣講述她那有客觀味道的看法。

「所以嘍，假如要替我玩遊戲的風格做總結……大概就是藉著『對犧牲有所覺悟』以及『不要畫地自限』這兩點，拚死將『真正想要的東西』拿到手。雖然我也沒有特地分析過就是了。」

「對犧牲有所覺悟，然後不要畫地自限，將真正想要的東西拿到手……這樣啊。」

在那個瞬間，我覺得……我終於發現最近的自己缺少什麼了。

當我猛然抬頭以後，新那學姊早就背對我走掉了。

我急忙朝著學姊的背影喊：

「那個……謝謝學姊！受教的是我才對！」

「嗯。」

新那學姊只有舉手回應，然後就瀟灑地走了。

我朝她的背影目送片刻，緊接著……

「……好。」

緊握拳頭的同時，我下了一個決心。

＊

「所以說，上原同學，到底怎麼了啊？你突然說想直接跟我見面……」

「嗯……」

跟新那學姊聊過的隔天午後。跟上次相反，這次是我主動約雨野到公園碰頭。我淺淺地坐在能看見噴水池的長椅上，雙肘擱在雙腿上，嚴肅地將雙手交握於嘴巴前面。

坐旁邊的雨野看了我非比尋常的模樣，擔心似的問：

「難、難道說，發生了什麼跟亞玖璃同學有關的意外嗎……？」

「沒有，不是那樣。她這幾天跟家人去旅行了。我們都沒有見面，當然不會出意外。」

「啊，是喔。」

「你沒聽亞玖璃提過嗎？」

「？那還用說。從那次聚在一起玩升官圖以後，我在這個暑假都沒有跟她見面嘛。」

「這、這樣啊。」

我不禁鬆了口氣。雖然到目前我並沒有認真懷疑過這兩個人有染，但他們要是親密地講話，我心裡就免不了要七上八下。

當我放心以後，雨野納悶似的問了：

「既然沒有要談亞玖璃同學的事……啊，還是你遊戲攻略到一半卡關了？」

「我說啊……你覺得是玩什麼遊戲又卡關到哪種地步才會讓我擺出這麼嚴肅的表情？」

「唔～～……比方說，試好幾次都過不了超級○莉開頭那隻○菇怪？」

「那確實夠嚴重的了！感覺心靈正在發出警訊！但不是那樣啦！」

「抱歉，假如不是討論遊戲，恕我幫不了你的忙……」

「你未免把自己看得太扁了吧！總、總之呢……」

我大大地嘆了口氣以後，便感覺到之前緊繃的神經有稍微鬆緩，同時也重新向雨野講清楚要談的正題。

「我今天會找你出來，不為別的……就是要談你的感情事。」

「……呃，那個……？」

雨野頓時有些困窘地搔了搔臉，然後朝周圍東張西望。

「……怎麼了嗎？」

「咦？沒、沒有啦，我是在想，該不會有排屋○寓的攝影機正在拍我們？」

「嗯，我有深刻自覺，身為男性友人，我正在跟你談非常自作多情的話題。可是，這世上不會有樂於讓我們上鏡頭的電視節目啦。」

「咦？又不是在拍節目，你還主動安排這種『兩個男人一起坐在長椅上談感情』的情景……？……好、好厲害喔……」

「喂，你為什麼有點退縮！別拉開距離！」

「不不不……我只是被道地的現充震懾到了而已。像我這樣還差遠了……」

「什麼叫『道地的現充』！產地在哪裡！」

「呃，不過我接下來想去買個東西再回家，希望你別打臉就好……」

「沒有人要打你啦！我並沒有打算找你合演『男人相約到堤防邊互毆』的青春劇！」

「太好了。到頭來我們是在談什麼？啊，香〇怪的攻略法對吧？跳起來踩他的頭啊。」

「大家都曉得啦！再說那款遊戲也不是我要談的主題！」

「仔細一想，『直接碰到就會死，還帶著敵意走動的香菇』實在超恐怖耶。」

「對啊……那根本不算小兵了……不是啦！今天呢……針對你的感情事，我有句話想先跟你說清楚。」

「針對我的感情事，你有話想先說清楚……？」

雨野認真表露出「什麼跟什麼啊？」的態度，將頭歪到一邊。

的確，就算彼此是朋友，在沒有要徵求建議的情況下還對感情事插嘴簡直是多管閒事。

我明知如此……也反省了自己過去的所作所為……但我依然有話必須跟雨野講個明白。

「………………」

「……上原同學？」

……即使如此，真要開口的時候，我就緊張起來了。

接下來……我正準備發表自私到極點的宣言。身為雨野的朋友，沒有比這個更差勁的宣言了。

不過，還有更差勁的事。

那就是完全不表明自己的心思，還偷偷摸摸地在安全地帶晃來晃去。

「（我就是因為這樣……最近才會一直被誤會和陰錯陽差耍得團團轉，說來就是自作自受。）」

可是，往後我不會這樣了。

因為從今天的這一刻開始……我會放膽表明自己的心思、自己的立場。

「（這就是我對誤會及陰錯陽差之神宣戰的方式！）」

「……上原同學？」

雨野一臉覺得奇怪地仰望突然從長椅上起身的我。

至於我……我為了回憶新那學姊說的話，緊緊握住了拳頭。

我擠出勇氣，扎扎實實地回望雨野的眼睛，然後告訴他。

「我已經……沒辦法支持你和天道的戀情了。」

「…………咦？」

雨野的目光頓時失去色彩，臉部肌肉像抽筋一樣繃得緊緊的。衝擊、動搖、絕望、困惑……交雜的情緒種類太多，讓他顯得不知道如何是好……這也難怪。他甚至會覺得自己被信賴的朋友拋棄了才對。

儘管朋友這樣的臉色讓我胸口緊繃……但我還是必須保持堂堂正正的態度，就毫不逃避地繼續對他說：

「簡單來講……目前我沒辦法打從心裡祝福你跟天道這一對就這樣順利交往下去。」

「……那是……為什麼呢……？」

雨野拋來理所當然的疑問。對此，我的答案自然不用多說。

「（因為我想支持星之守對你的感情啦。）」

我有必要對她的戀愛負責。而且更重要的是……我自己也殷切希望雨野和星之守可以交往得順利。

「（……為了這一點……要讓天道流淚，我也在所不惜……）」

對犧牲有所覺悟，不畫地自限，只求得到真正想要的東西……我跟新那學姊一樣，我並不是全能的。既沒有讓所有人都幸福的器量，更毫無要求雨野像輕小說主角那樣自封後宮王的殘忍用意。

可是，既然如此，我就要順從自己的心意，選我想支持的人。我再明白不過這是多管閒事。我了解，我全都了解。即使如此，我還是想看到那幅畫面……我想看雨野和星之守開開心心地聊天的畫面，我想一直護著他們倆。

我不許別人對我這小小的心願有意見。

只不過，在這些前提之下，我還是覺得……

我再這樣待在迷戀天道的雨野身旁，還擺出完全跟他同一陣線的嘴臉，也是有違道義。

「……上原同學？」

雨野又一次催我回答。他想知道為什麼我不能支持他跟天道的戀情。

其實我想回答他，我想挖心掏肺地把所有想法跟他講明白。

然而……唯有這一點，現階段仍不能由我擅自回應。擅自連星之守的想法都說出來是絕不可能被容許的。

「……對不起，我不能告訴你理由。」

「……是嗎……這樣啊……」

雨野摸著下巴，臉色凝重地點頭……實際上，他有權利生氣。倒不如說，他生氣是當然的。可是……雨野完全沒露出那樣的態度。

「（因為雨野個性軟弱……我看不是。那簡直……像是早就有所覺悟的眼神。）」

難道雨野在被我叫出來的時候，心裡就已經有數了？我揣測不了他所有的心思，但至少他沒有露骨地表示拒絕。

不過正因如此，坦白說……我心裡很難受。

「……你可以罵我啊。」

「咦，上原同學，你是有那種癖好的人嗎？」

「不是啦……」

「既然這樣，我就沒理由罵你啊……不過……讓我再思考一下。」

「……好。」

我如此回應……然後又重新坐到他旁邊。

雨野有一陣子遙望遠方，認真思考著什麼……就這樣過了大約三分鐘。

「……我明白了。上原同學，我也不會再跟你商量太多感情事。」

「太多？」

雨野並沒有承諾「不再商量任何感情事」，對此我不解地開口反問，於是……不知道為什麼，雨野害羞似的笑了。

「嗯，你想嘛……既然我跟天道同學在交往，要跟你閒聊的話，我想還是難免會提到有關她的話題。」

「你說……要跟我閒聊。」

我有些聽懂那句話的含意，眼睛睜得老大。雨野面對這樣的我……則是露出苦笑，但依然確確實實地告訴我：

「我明白你的心情了。不過……在這樣的前提下，要談其他方面的事情，我們依舊是朋友。應該說，我希望繼續和你當朋友……不可以嗎？」

「雨野……」

……我的眼角忍不住發熱。老實說……我有就算被雨野絕交也莫可奈何的覺悟。哪有男人會擺明說自己不能支持朋友的戀情？但即使如此……只要雨野和星之守能順利交往……我就心滿意足了。我有如此的覺悟。

可是，對於像我這種差勁的男人……這傢伙依然說他想跟我當朋友。

我不會不懂……到底要有多深的信賴、友情及男子氣概背書才讓他說了這些話。

因此，對於他的話……我要盡全力擠出笑容來回應。

「好啊！以後我還是會一直拿電玩的問題煩你！做好覺悟吧！」

「嗯，放馬過來吧！」

雨野一拳捶在自己薄薄的胸膛上笑了。我看著他這樣……便暗自在心裡嘀咕……

「（雨野……雖然對你過意不去，但我還是希望聊到電玩就能笑成這樣的你……身旁有星之守陪伴。）」

我重新下定決心。

「（既然這麼決定了……我必須把事情鄭重地告訴星之守才行。假設用電話來講……因為會扯到〈ＮＯＢＥ〉和〈ＭＯＮＯ〉的真實身分，多少得慎選詞彙就是了……）」

「啊，那麼上原同學，不好意思，我差不多該走了。」

雨野在開始獨自默默思考的我旁邊起身。我「喔」地舉了手。

「抱歉，特地把你叫出來。我嘛……打算在這裡多想一點事情再走。」

「我明白了。拜嘍，上原同學。下次見。」

「……好啊……那麼雨野，下次我們就一起玩遊戲吧。」

「……嗯！也對！那就拜拜嘍，上原同學。」

「好。」

雨野揮了手，依舊帶著笑容離去…………

「（真看不出來……原來那傢伙這麼堅強……）」

要讓那種人的心意轉到其他女人身上，我看應該不容易。

不過……我決定了。八面玲瓏又舉棋不定的男人——上原祐，在今天畢業了。

我卯足了勁從長椅上起身！

「看著吧，神明！只要我的眼睛還亮著……就不會再讓這場戀愛發生離譜的誤解或陰錯陽差了！」

我舉拳向天，太陽則祝福似的對我發出燦爛的光輝。

雨野景太

我在走了一陣子以後回頭，就發現上原同學從長椅上起身，把拳頭舉向天空，露出了實

在爽朗的臉孔……難道他遇到什麼好事了嗎？

呃，不過，話說回來……

「這樣啊……果然上原同學也喜歡天道同學嗎……唉……」

我發出沉重的嘆息，像在迴避陽光一樣躲躲藏藏地走在樹蔭下。

於是……我在這一天也為了逃避太過艱辛的現實，垂頭喪氣地朝熟悉的電玩店出發。

✖星之守心春與角色接棒

午後的強烈陽光在柏油路面上反射，毫不留情地將我的皮膚烤得熱辣辣的。

八月初。正值盛夏的時期……身為豆芽菜男孩的我，雨野景太，一般來講連去便利商店都會感到猶豫。

但既然是遊戲發售的日子，就不行那樣了。

這年頭可以用網購或付費下載，不出門就能拿到軟體的方法要多少都有。可是，前者不會把東西在發售日當天準時送到住在鄉下的我手上，至於後者……老實說我還算滿常利用，然而，對「喜歡的系列作品」或「有所期待的作品」，會連外包裝及初回特典都想要也是人之常情。

而今天發售的軟體正是我所喜愛的系列作品。

「啊……太過深入於繭居族的嗜好，或許在跨越某一條界線之後，出門機會反而會增加……好，就把這種分析圖取名為『雨野曲線』……」

有宅男一邊自言自語地講著如此的蠢話，一邊帶著噁心的笑容獨自走路。雖然我自己也

覺得很糟糕，但在這種炎熱的天氣下還默默地保持嚴肅面孔，那才會讓心靈受到致命打擊。

……哎，話雖如此，我現在之所以會耍寶過度，理由倒不是只出在天氣炎熱。

「（上原同學的心意……會是怎麼樣呢……？）」

一想到這些，我就鬱鬱寡歡，連拿手的噁心笑容都會縮回去。

幾分鐘前，我才跟上原同學在公園講話……然後，他就表示無法支持我和天道同學……換句話說，他對我表明了喜歡天道同學的事實。

「（關於這一點，已經不能解釋成誤會了吧……）」

上原同學會當面告知我他不能支持我跟天道同學交往……除了他喜歡天道同學以外，還能有什麼理由呢？

我在嘴邊呵呵地露出笑意，然後試著硬擠出推理。

「（比方說，有其他女生喜歡上我……上原同學就拿定主意要跟那個女生站在同一陣線了？）」

…………………

「…………………呃，感覺真的是我不好！」

我打從心裡對自己這種活像賣萌輕小說情節的空想感到羞恥，並且向神明謝罪。

是男人多少就會幻想自己變成萬人迷，但我現在已經有超棒的女朋友了。然而，我到現在還妄想著被其他女生青睞……簡直不忠到連我自己都覺得作嘔！我得再次認清自己的斤兩才行！

「（雖然說有天使一樣的女生願意屈尊與我交往，但我本身的條件依舊是個噁心落單族宅男，上原同學又喜歡天道同學，以現狀而言天道同學顯然跟他才匹配。這就是目前的絕對真相。好，我要老老實實地接納這一點。）」

…………

……糟糕，接納是接納了，但我的心差點就被事實重挫了。不過現實就是這麼嚴酷，這也沒辦法，我只能自己加油。

我重新下定決心邁步前進，朝電玩店而去。腳步緩慢地……去買情色遊戲。

「…………是我不好。」

立下決心對女友忠貞，還動身去買情色遊戲的男人究竟算什麼？人格破產者嗎？還是白痴？

反省歸反省，我依然沒有停下去買遊戲的腳步，這就是我之所以是我的理由。我也很無奈啊。誰教我就是想玩遊戲……雖然我自己也不知道這有什麼好無奈的。

……不、不過，那有差別喔。就算說是情色遊戲，我這次要買的並不是限制級遊戲喔。

基本上仍是出在家用主機的作品喔。呃，雖然那是變態場景多到被評為「妄想過頭反而更猥褻，內容根本比限制級產品更色」而聞名的系列作就是了。光靠沒有直接裸露的ＣＧ和引發妄想的文字敘述就能讓玩家如此置評，在美少女遊戲中已經算是一種境界，愛玩遊戲的我怎麼能不玩……

…………

「呃，真的是我不好。」

因為這樣，我還是一邊跟某個對象（神明或心愛的長官）道歉，一邊趕路到電玩店。

於是過了幾分鐘，當暑氣及內心的操勞讓我累兮兮地抵達店鋪以後，為了先納涼一下，目標在新作品的我就刻意先逛新作專櫃以外的地方。

「（滿身大汗地拿著情色遊戲到櫃台結帳實在不好看嘛……）」

我本身多少也有心要減輕自己的噁心程度，雖然我完全沒有把心力放在花錢買好衣服或飾品上面啦。至少我希望顧及清潔感……大概也沒有人會想管我流多少汗就是了。

「（糟糕。感覺我今天比平時還要自卑耶。）」

……也是啦，聽帥哥朋友做出「我超愛你女朋友～～」的宣言以後，我還跑來買情色遊戲，那當然會變得無法相信自己…………就算這樣，我還是不會打消買遊戲的念頭。

「（假如被天道同學逼問：「對你來說，我跟遊戲哪一邊重要！」我這個扶不起的廢人又打算怎麼辦呢……？）」

照天道同學的個性，根本不會這麼問就是了。另外，實際想像以後我才覺得：哪門子的奇怪吃醋場面啊？在戀愛的嚴肅場面中偏要把遊戲放到天平上比較，男方的觀念在這時候就已經萬劫不復了吧。雨野景太，爛到爆……但遊戲還是要買！

「……呼。那麼……」

在冷氣夠涼的店裡讓體力恢復得差不多以後，我再次走向新作專櫃。

要買的軟體一下子就找到了。我忍不住望著包裝發出感嘆。

「（哎，好棒的設計。商標和用色都採用穩重的調性，明明插圖也只是讓女主角一個人孤零零地站在中間靠著走廊牆壁……為什麼會這麼有挑逗力！）」

怎麼說好呢？看到不是直接裸露或者擺性感姿勢，卻讓人覺得「色」的萌系插圖，像我這種玩家反而會覺得有點感動。這已經可以說是身為美少女遊戲愛好者就會情不自禁看得著迷的圖了。

「…………」

感動得腳步搖搖晃晃的我朝軟體靠近，並且咕嚕一聲吞下口水，緩緩將左手伸向軟體，於是乎——

——我不小心抓到別人正好在同一時間伸出來的右手了。

「……咦？」

小小的驚呼聲彼此重疊，將我一舉從夢中拉回現實……話說最近好像發生過跟這一模一樣的事情……

儘管心裡湧上不可思議的既視感，我仍看向旁邊，就發現眼前依舊是眼熟的女性面孔。我認出對方，忍不住開口：

「星、星之守——」

「你、你是……」

對方睜大眼睛。我望著那張臉——在近距離下看起來意外地酷似她姊姊的那張臉，並且愕然地設法修正後半句話的內容。

「——星之守……心春同學？」

「……雨野……景太？」

愣著的兩個人嘀咕歸嘀咕，卻不知道該怎麼做，只能啞口無言地互望。

到最後……現場就出現有一對距離感微妙的男女發現彼此都要買情色遊戲……簡直尷尬得像惡夢一樣的畫面了。

*

「哎唷，真是的，話說我為什麼偏偏在今天偷懶沒變裝嘛！」

「……………」

心春同學在一離開電玩店的同時就跺腳。我跟不上她突然轉換的性格，只能默默搔臉。

——於是，她忽然轉向我這邊，目光銳利地瞪了過來。

「你喔，為什麼每次都要用這麼爛的方式來糾纏我的人生！」

「唔……咦！」

忽然遭受強烈敵意的我深受打擊。不知道為什麼……我崇拜的〈ＮＯＢＥ〉會變得這麼討厭我……糟糕。老實說，我有點想哭了。

……這時候，心春同學對我這種反應露出猛然警覺的表情。她大大地嘆氣，然後看似有些無奈地改換態度。

「啊，那個……剛才那並不是我用〈ＮＯＢＥ〉或〈ＭＯＮＯ〉身分對你講的話。那是我身為心春所做的反應，所以請你不要介意。」

「咦？不是吧……咦？我聽不太懂妳的意思……畢竟那不都是同一個人嗎……？」

「所、所以！雖然我現在對你感到火大，但是〈ＮＯＢＥ〉與〈ＭＯＮＯ〉還是像以前一樣跟你很要好啦！」

「是、是喔……呃……妳、妳是指，類似多重人格那樣嗎？」

「呃，也不是那樣啦……啊～～……嗯，不過那樣解讀或許意外地貼切。很不錯。好，採用。」

「採、採用？」

「往後呢，你要把我和〈ＮＯＢＥ〉或〈ＭＯＮＯ〉稍微分開來思考。」

「喔……」

「啊，不過當然嘍，我就是〈ＮＯＢＥ〉也是〈ＭＯＮＯ〉，沒錯！」

「是、是喔……」

這個人究竟想怎樣？唉，我原本就沒有把網路上的友好度直接帶到現實中，要說那樣比較好的話也是啦……唔～～……

當我露出納悶的表情時，心春同學就咳了一聲清嗓。

「總、總之我們先移動吧，雨野……同學。我們彼此都不希望被人看見這種情況吧？」

心春同學說著舉起裝了情色遊戲的塑膠袋。我也朝自己手邊的塑膠袋瞄了一眼……說來說去，我們倆都還是機警地買了遊戲。

我點頭表示：「也對。」就跟心春同學一起開始移動。她說要從車站坐公車，因此我決定先陪她到車站。

「……………」

我們倆隔著微妙的距離，沒講幾句話地走在人行道上。

……從旁邊駛過的零星汽車聲；不知道從哪裡傳來的夏日青草香；搬運著蚯蚓乾屍的成群螞蟻。

「……………」

……糟糕，氣氛好凝重。我最近很久沒遇到這種狀況就忘記了，「跟還不算熟的人獨處」有多麼令人不知所措。尤其是我跟心春同學在網路上額外有交流，相處該用什麼調調實在難以捉摸。到頭來就是互相試探再試探……根本沒辦法打開話匣子。

坦白講，我滿心期望能盡快抽身，可是心春同學似乎全身都散發著有話想講的氣息……這又讓我挺不方便離開。

我們倆不得已就平平淡淡地走了幾分鐘……於是來到行人稀少的路以後，心春同學的態度雖然非常生硬，總還是對我開口了。

「請問……呃……雨、雨野同學，你姑且算學長吧，對不對？」

心春同學忽然對我用敬語了。這麼說來，上次在星之守家見面時，她確實就是用這種官腔官調的敬語……

「咦？啊，對、對啊。既然妳好像讀高一，那我應該算……比妳高一年級的學長。」

「……呃，換句話說，我應該表現出對學長多尊敬一點的態度，對不對？」

心春同學探頭觀察我的表情。我搔著頭回答：

「不用啦……我想那樣也會有不協調的感覺……剛才已經稍微目擊妳的本色了，現在又改回之前的態度也怪不自然的……」

「就是啊！好，那我乾脆用自然的本色來跟你講話嘍，學長。」

話一說完，心春同學就忽然改換態度，用眼神給我下馬威。她口頭上稱我為學長，從中卻感受不到任何敬意，甚至還帶了些許愚弄人的調調……我、我究竟哪裡惹到她了啊……？

當我心裡直冒冷汗時，心春同學表面上帶著笑容……眼裡卻蘊含滿滿的敵意朝我瞪來。

「我買情色遊戲這件事，請你不要跟任何人說喔。」

「唔？任何人是指……」

「當然就是學長的女朋友還有我姊姊都包括在裡面的意思。」

「可、可以是可以啦……」

我這麼回話以後，心春同學就把指尖湊在胸前微笑說：「太好了♪」怎麼搞的呢？她的舉止會稍微讓我聯想到天道同學的「官方美少女」形象。

不過坦白講，她的印象的確是變得比之前柔和了。我判斷或許有商量的餘地，就試著加了一點條件。

「呃，那我跟朋友上原同學閒聊時可以提一下吧……」

「雨～～野～～學～～長？」

仍帶著笑容的心春同學卻立刻氣勢洶洶地威迫我了。這是怎樣？天道同學也會就是了，難道所有女性都有靠氣勢就能讓基本上相同的笑容從「療癒」轉換成「攻擊」屬性的技術嗎？女性真是厲害耶。

我像個傻瓜一樣猛點頭……心裡卻還是不太能接受。

我碎步趕上匆匆走掉的心春同學，並且重新提問：

「呃，可是妳為什麼要隱瞞到那種地步呢？」

到現在，我連面對不把自己當一回事的學妹都無法停止用敬語……該怎麼說呢……我就是不太懂得怎麼跟別人拉近距離，儘管我很明白這種自卑的態度有時候反而會讓對方感到不快。

正如所料，心春同學有些煩躁地瞪了我一眼……即使如此，她總不好無視我，就還是回答問題了。

「學長，你會特地跟家人說自己在玩情色遊戲嗎？」

「……呃，對啦，是不會……不過，妳想嘛，這是家用主機的作品……」

「那麼，請學長今天試著在家人面前玩這款遊戲看看吧。」

被她一說，我試著想像那樣的畫面。

……父母與弟弟都在客廳看，而我一臉淫笑地玩著美少女遊戲，男主角正舔弄小惡魔學妹的腳趾頭，那樣的畫面……感覺比A書被家人發現還令人煎熬！

「是我不好！妳的祕密我絕對不會洩露出去！」

「是啊，聽話就好。心態可嘉喔，雨野學長～？」

「謝、謝謝妳，心春同學！」

……奇、奇怪？這不對勁耶。要說的話，明明手上有把柄的人是我，為什麼我現在的立場會這麼卑微？呃……因為這個人是我打從心裡尊敬的創作者，所以沒辦法吧。沒錯。

咦？不過這麼說來，我記得〈NOBE〉曾經表態……

我突然冒出一個大疑問，就畏畏縮縮地向她請教：

「那個……〈NOBE〉也會玩情色遊戲啊，我還以為妳討厭萌要素……」

「…………」

奇怪，我好像被忽略了耶。她沒聽見嗎？

「？〈NOBE〉？」

「…………」

「喂～～……〈NOBE〉？」

「…………」

「…………心春同學？」

「？怎麼了嗎，雨野學長？」

這個人真的是〈NOBE〉對吧！呃，現實生活確實沒什麼機會被人用網名稱呼啦！可是會這麼沒有反應嗎！

儘管內心有強烈的疑念在折騰，我又問了一次。

「〈NOBE〉也會玩情色遊戲吧？」

心春同學聽了我的問題卻一頭霧水。

「咦？沒有啊，我姊姊應該完全不碰情色遊戲就是了……」

「？千秋當然不會碰吧？錯了啦，我是問〈NOBE〉會不會……」

「我說過啦，姊姊她不會——」

感覺心春同學懶洋洋地說到一半……才忽然想起什麼，然後就睜大眼睛換了一副態度。

她突然亂有精神地回應我。

「對！你好，我是〈NOBE〉！請多指教！」

心春同學甚至神采煥發地在眼睛前面比出V字手勢。

「怎樣啦，突然用這種語氣！簡直像新型機器人在發表會上自我介紹一樣生硬！」

「沒、沒有啦，你想嘛，因為我就是〈ＮＯＢＥ〉兼〈ＭＯＮＯ〉啊。」

「我曉得啊！妳現在還一直強調到底要幹嘛！」

「有……有什麼關係！好啦，你剛才談到什麼來著？呃～～〈ＮＯＢＥ〉會不會玩情色遊戲是吧？這個嘛……不好回答耶。」

「妳手上都提著裝了情色遊戲的塑膠袋，哪有什麼好不好回答的……」

心春同學卻交抱雙臂，一臉為難地回答傻眼到極點的我。

「……即使我深愛情色遊戲，〈ＮＯＢＥ〉究竟又是怎麼想的呢？」

「妳、妳怎麼回答得像矢澤永吉一樣！感覺有點酷耶！」

「哼，能將消費者心態和創作者感性完全切離的女人，那正是我，星之守心春。請你這麼想就可以了，雨野學長。」

「原來如此！感覺好多事一下子都說得通了耶！難怪之前我在妳身上都看不到〈ＮＯＢＥ〉的影子！」

當我大感認同時，在旁邊的心春同學卻莫名其妙地受了打擊。

「唔……！……那個，雨、雨野學長，我請問你喔。」

心春同學忽然變得有點忸忸怩怩。這個人……真是個情緒來去匆匆的人耶。
「呃，之前你從我身上……都不太能看到〈NOBE〉或〈MONO〉的影子嗎？」
「是的，完全沒有！老實說，我幾乎認為是不相關的人！雖然很失禮，但我甚至懷疑過是不是妳在說謊！」
「……是、是喔………唉……我對演技失去自信了啦…………」
「？為什麼妳會對演技失去自信呢？」
「！……雨、雨野學長，我是聽說過傳聞啦，你真的連別人口中『小聲的自言自語』都不會聽漏耶！這樣比遲鈍耳背的男主角還煩人。」
「妳那是什麼不講理的怒火啊？」
我只是為了避免失禮，才會細聽對方講話的內容啊。
「…………唉。不過……是喔……我沒有〈NOBE〉的感覺嗎……姊，抱歉喔……」
「（為、為什麼要在這種場合向千秋謝罪？）」
向姊姊道歉的心春同學完全消沉下來。雖然我不太明白含意……總之，我決定先用力幫她打氣。
「不會啦，能公私分明到這種地步反而厲害啊！與其說是演技的問題……妳的精神力應該很強吧！真不愧是創作者！」

「…………是啊～～謝謝你的賞識～～……」

心春口中說著感謝的話語，卻一點也不開心的樣子。好、好厲害喔，被誇獎也完全不會自滿耶。不愧是〈NOBE〉。

來到這一刻，我心裡終於實際湧現些許「這個人就是〈NOBE〉呢」的感覺了。

「（雖然跟我想的差了很多，不過可以感覺出心春同學非常有雄心，何況她偶爾會有意義不明的發言與態度，跟〈NOBE〉的作風也頗具相通之處…………好像是這樣！）」

我如此崇拜的創作者現在就走在旁邊耶，真榮幸。

「唔……怎、怎麼樣啦，雨野同學……？為什麼要用那種純真得不像高二男生的毅然眼神盯著我……」

「沒有，我只是覺得好開心。我真的很喜歡〈NOBE〉的作品！」

「…………」

「？心春同學，妳怎麼了嗎？忽然把臉從我面前轉開……」

「…………哎唷，我心裡現在塞了一堆情緒，又害羞又羨慕又有罪惡感又覺得嫉妒又嫌麻煩又心跳加速…………好吧，雨野學長，請你先負起責任讓我打一下。」

「咦！為什麼！哪有這麼不講理的事——」

「喝啊。」

「噗哇！」

耳光居然真的飛來了。話雖如此，這個耳光頂多只推擠到臉頰的肉，一點都不痛就是了……不過事情來得太突然，精神創傷還是很大，大到假如我是小朋友就會嚇哭。

當我扶著臉頰愣住時，心春同學就自顧自地望著天空，還發出莫名感傷的嘆息。

「……唉。實在既無益又空虛……」

「就是啊！這算什麼嘛！連天道同學都沒有打過我耶！」

「我對暴力型女角的附加屬性也敬謝不敏喔。畢竟那一型的女主角在最近大多不會有人氣。」

「啊，說得對耶，吐槽猛烈的女主角真的很難拿捏——不是啦！那妳為什麼要打我！」

「忍不住羞上心頭？」

「羞上心頭？連火上心頭都沒有就打人？」

「吼～～學長，你好囉嗦喔……等等。」

「？」

走在旁邊的心春同學忽然停下腳步。我以為有狀況便探頭一瞧，看似焦躁的她似乎想催促我看清楚情況，沒好氣地指了前面。

儘管我其實有點不爽，還是只好朝前方確認——

「雨、雨野同學？」

「…………………天、天道同學……」

——我一轉頭，目光就跟自己心愛的女友天道花憐正面碰上了。

由於忽然停步，柔順有如上等布料的金髮隨之搖曳，寶石藝品般的藍眼睛驚訝地睜得斗大。她即使在這種時候也美得令人著迷，短暫的沉默降臨在我們幾個之間……不過，我一下子就設法回神過來，然後連忙轉向心春同學。

心春同學立刻針對我露出「這下要怎麼辦？」的險惡眼神，不過一發現天道同學將視線轉到她身上以後，她又立刻擺出平時那種……跟之前遇到我那次類似的「星之守心春官腔模式」笑容，並且上前來到我旁邊。

「妳、妳好，天道同學。好久不見了。」

「妳、妳好……呃，星之守心春同學。我們上次是在游泳池短短見過一面對不對？」

「是的，沒有錯。很榮幸能被妳記得。」

「啊，不會，我才是呢。」

天道同學和心春同學笑容滿面地互相問候…………嗯。

很好，照這種步調……想辦法……就這樣混過去！

我和心春同學都擺著近乎詭異的笑容，將裝了情色遊戲的塑膠袋藏到背後……然後就一

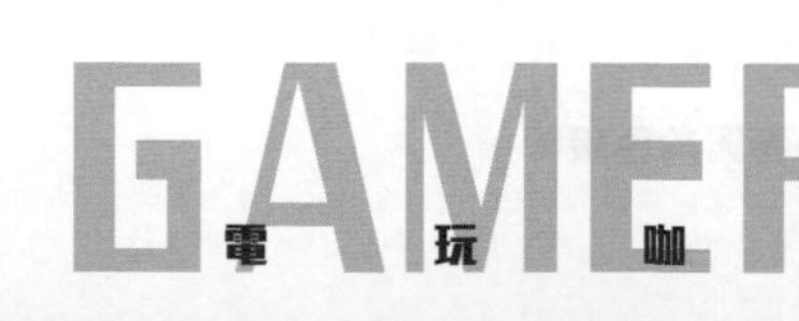

邊對天道同學點頭行禮，一邊邁出腳步。

「「那我們失陪嘍——」」

「對了，你們兩位為什麼會在一起呢？」

「「（唔啊啊啊啊啊啊啊啊啊啊啊啊啊啊啊啊啊啊啊啊！）」」

天道同學挪身擋住我們的去路，並且帶著笑容問。

臉上依然掛著笑意的我還有心春同學……開始狂冒冷汗了。

我們兩個立刻低下頭，用超小聲&超高速進行作戰會議。

「（欸，學長！這下子要怎麼辦！她是你的女朋友吧！請你想辦法蒙混過去！）」

「（不要強人所難啦！除了「在買情色遊戲時碰個正著」這種糟糕透頂的真相以外，實際上我還有什麼理由會在放假時跟千秋的妹妹走在一起！）」

「（…………巧、巧合！沒錯，這是巧合！當作我們剛剛才相遇吧！）」

「（或、或許也只能這樣了！）」

因此我帶著笑容將這套說詞告訴自己的女朋——

「我遠遠就看見了，你們似乎聊得相當親密熱絡呢，我想應該不會有『剛剛才碰巧遇見』這種事吧？」

「（還沒說就被她攔截了啦啊啊啊啊啊啊啊啊啊啊啊啊啊啊啊！）」

我跟心春同學又低著頭開始發抖。

「（欸，這個女的是怎樣！雖然我有聽過傳聞……從負面意義來講，她的內在未免也「精明」過頭了吧！）」

「（不愧是天道同學！跟我這種人的水準差多了！）」

「（雨野學長，現在不是佩服的時候了吧！怎、怎麼辦啦！）」

「（呃……心春同學，同樣身為「美少女」又「精明」的妳有沒有什麼好主意——）」

「（欸，不要連在這種場面都用大白話誇獎——）」

「哎呀，兩位從剛才是不是就一直和睦地在底下交頭接耳講些什麼呢？」

「「（唔啊啊啊啊啊啊啊啊啊啊啊啊啊啊啊啊啊啊啊啊啊啊！）」」

露餡了！作戰會議露餡了！當然的嘛！討論這麼久就沒用了！

我和心春同學猛然抬起臉，笑吟吟地試著找藉口。

「不、不是啦，心春同學剛才，正好，掉了東西，是的。」

「對，對對，就是這樣。啊，不過，好像還是我搞錯了。哎、哎呀，害你們操心了。」

倉促想出來的爛藉口，不過……意外的是這似乎奏效了。天道同學自個兒露出有所領會的模樣。

「喔，原來如此，你們倆之所以看起來親密，是因為一起在找遺失的東西啊。」

「「！是的！就是這樣！」」

「原來如此。這樣我就理解了。沒事的，我總覺得兩位看起來簡直像『意識到彼此有深層共通目標的伙伴』，才忍不住胡亂起疑心……」

「「（敏銳得嚇死人啦啊啊啊啊啊啊啊啊啊啊啊啊啊啊啊啊啊啊啊啊！）」」

天道同學的直覺正中紅心。我和心春同學各自在背後重新抓緊裝了情色遊戲的塑膠袋。

我一邊苦笑一邊將話題轉移到天道同學身上。

「那麼天道同學，妳今天怎麼會出現在這裡？來買東西嗎？」

我的問題讓天道同學看似有些難為情地露出苦笑。

「不是的，我正要去上暑修課……雖然我自己就可以把書讀好……但是看女兒暑假期間都在家裡玩遊戲，會讓父母擔心。為了讓他們放心，我想偶爾也要當個『乖女兒』。」

「「（唔！）」」

盛夏的兩名情色遊戲玩家面對眼前懷著天使般行動動機的女生，內心都悔恨地中箭了。

天道同學沒有察覺我們這樣的反應，「咦？」地偏過頭。

「不過這麼說來……雨野同學和心春同學原本就見過彼此嗎？」

「「唔！」」

要詳細說明這一點，就非得談及之前我到千秋家拿忘掉的東西，還有〈NOBE〉與

〈MONO〉的真實身分。換句話說……就是我獨自前往女友以外的女生家，還跟女友以外的女性有深度交流的詳情…………嗯。我們兩個……果真……

「「（背後全是不能講的地雷嘛啊啊啊啊啊啊啊啊啊啊啊啊啊啊啊啊啊！）」」

無論挑哪個環節，我跟心春同學的關係都很難向女朋友據實以告。

當我被逼得走投無路時……就換成心春同學上前設法替我打圓場了。

「是、是我單方面看過照片才會認識的。」

「啊，這樣喔？不過妳是在什麼地方看到雨野同學的照片……？」

「當、當然是我姊姊讓我看的照片啊，沒錯。」

解釋得當。應該也只有這樣的選項了吧。我跟心春同學只著眼於「這套說詞不至於講不通」，還在腦裡反覆驗證，然後滿意地點頭稱是。

然而……

「！星、星之守同學有他的照片？」

「「？」」

天道同學大感吃驚似的僵住了。她是在訝異什麼？難道這套說詞在物理方面有什麼「講不通」的地方？我和心春同學懷著不安，再度將焦點縮小到「有沒有違背常理」來驗證……

卻還是找不出問題在哪裡。

「是、是嗎?星之守同學有他的照片啊……這樣的話……我越來越覺得……」

心春同學不安地向唸唸有詞的天道同學詢問:

「請、請問……有、有什麼地方讓妳覺得莫名其妙嗎?」

「莫名其妙?……呵呵,我想想。不,並沒有。是的,一點也沒有。仔細想想……會演變成這樣是理所當然的!」

「就、就是啊!這些話沒有不自然的地方嘛!」

我和心春同學望著彼此的臉感到慶幸。嗯,這套說詞不會不合理!千秋有我的照片在物理上並不會違反常理!好,至少事情「說得通」了。接下來就這樣混過去。

心春同學又展開進擊。

「那、那麼,天道同學,『我們』差不多該告辭了。」

「咦?你們兩位……之後也要一起行動?」

天道同學提出合乎情理的疑問。的確,我跟心春同學沒有理由繼續一起行動,送女朋友去上暑修課反而才是身為男友該有的舉動。可是……

心春同學朝我藏起來的情色遊戲瞄了一眼……天啊。原來……原來身為情色遊戲的同好,她是為了讓我盡快擺脫女朋友亦即天道同學,才說出那種話的嗎?

那份心意感動了我……於是,我決定接受她的好意!

「呃，其實，接下來……我有關於千秋的事情想找心春同學商量。」

「咦！你、你有關於星、星之守同學的事情，想、想商量？」

天道同學臉色蒼白地顫抖……看來她也能體會我接下來要說的事有多恐怖。為了探尋千秋這個死對頭的弱點……我準備刺探她妹妹，這樣推動話題「並不會不合理」！

我又繼續說下去。

「是啊……我和千秋的關係……也差不多該做個了結了。」

「你、你們要做出了結……」

「是的。好不容易像這樣和心春同學認識，我要趁現在……主動地更進一步！」

「！更、更進一步！」

天道同學慌得嘴唇發抖……呵呵，我和千秋的恐怖鬥爭似乎也嚇到她了。老實說我有掰過頭的感覺……不過，要消滅女朋友懷疑我外遇的不安，我就必須跟千秋敵對到這種程度！

……這時候，心春同學利用天道同學動搖的空檔，趁機用手肘輕輕頂過來跟我講話。

「（欸，我看不懂你在搞什麼耶。用那種藉口行嗎？）」

「（有什麼不行？沒有比這更說得通的藉口了吧。）」

「（唉……你覺得可以就好啦……果然，學長其實不是對天道同學有意思……而是對姊姊……）」

大概是自己的姊姊被我敵視的事實讓心春同學受了刺激，她嘀嘀咕咕地跟我分開。雖然對她不好意思……不過，我還是得請她配合「這套說詞」。

心春同學咳嗽清了清嗓轉換心情，然後配合我所說的……主動轉向天道同學並且幫忙說明了。

「事情就是這樣，天道同學……對不起。」

「心春同學……不會……以妳的立場而言……妳的行動是對的。別在意。」

「？」

現場單純是「接下來要背叛窩囊姊姊的妹妹」和「溫柔地予以肯定的天道同學」在對話……我卻覺得似乎瀰漫著莫名嚴肅的氣氛……哎，算了。

天道同學不知為何大口做了深呼吸，然後對我露出有些哀傷的笑容。

「我明白了，雨野同學……也好，為了讓你滿意，你就放手去做吧。」

「咦？啊，好的，這是當然了！我要好好地料理千秋，讓她知道男人的厲害！」

「讓、讓她知道男人的厲害？啊，不……不是的！我剛才叫你『放手去做』，並、並沒有那種意思喔！」

天道同學不知為何滿臉通紅地叫了出來。猛一看，連心春同學也臉紅了……而且她眼睛都亮了……這是什麼反應？女生也會對鬥爭熱血沸騰嗎？

我咳了一聲繼續說：

「為此，首先我必須得到心春同學的協助才行。」

「！等一下……雨野同學，你到底想讓她妹妹幫你什麼！」

「咦？就說了，我是想透過千秋的妹妹，好知道她的弱點……」

「你、你的意思是要透過她妹妹的身體嗎！」

「身體？與其說透過身體，應該是用嘴巴啦……」

「你……你這狼心狗肺的男朋友～～～！嗚哇啊啊啊啊啊啊！」

「什麼跟什麼啦！」

扯到最後，天道同學終於像小孩一樣哭出來了！這、這樣看來，我嚴重覺得我們的對話從剛才就有致命的認知錯誤！還有，為什麼心春同學從剛才就在旁邊嘀嘀咕咕：「我……會被拖下水嗎？像情色遊戲那樣！像情色遊戲那樣！」還一副略顯興奮的樣子！有夠恐怖耶！警察先生～～！

在我心生動搖以後，天道同學和心春同學似乎也就發現事情不對勁，都冷靜下來了。

天道同學咳了一聲清嗓，然後重新帶領話題。

「哎……看、看來我不得不承認，雨野同學在後半段說得天花亂墜的那些性騷擾言語，全都是我自己在失控下的誤解。」

「唔，等一下，什麼叫作我說得天花亂墜的性騷擾言語？」

「總、總之，你是為了多認識千秋同學，正準備跟她妹妹聊一聊，這我明白了。」

「是、是喔，那就好……」

我們的對話從一開始就有接上線吧？先不管我心裡抱持的疑問，在這個時候……天道同學用十分溫柔的眼神對我微笑了。

「我信任你……雨野同學，我決定等待你。」

「……天道同學！是的，我絕對會回應妳的信賴！身為妳的男友，我一定會打敗千秋！」

「雨野同學……！」

「天道同學……！」

我們倆互相凝視。該怎麼說呢？我實際感受到，此時此刻，我們的心完全相通了！我們徹底共享著彼此！我有這種感覺！原來男女交往就是這樣嗎！

「……咳。」

心春同學微微咳了一聲，使我們兩個頓時回神。為了掩飾害羞，我們微微地互相揮手，然後匆匆朝著各自要走的方向分開。

我目送天道同學走過轉角，等她的身影消失以後……我和心春同學就放心地捂了胸口。

「感覺出了好多狀況……不過我們撐過去了呢，雨野學長。」

「是啊。謝謝妳，心春同學。」

「我才要謝你呢。」

就這樣，我們倆有如跨過嚴酷戰場的戰友彼此微笑。

於是，心春同學走了一陣子以後，就「嗯哼～～！」地發出一點也不可愛的聲音，並且高舉手臂伸展背脊，然後軟趴趴地放鬆力氣。

接著她用變得亂沙啞的聲音嘀咕：

「啊～～……不過還真累耶……唔哇～～……好疲倦……」

她那看起來絲毫不像美少女學生會長的模樣讓我忍俊不禁。

結果心春同學就凶巴巴地側眼朝我瞪過來。

「……怎樣，雨野學長？別人的醜態那麼好笑嗎？」

「什麼醜態啊。不是啦，我完全沒有輕視妳的意思……」

「哼，對不起喔。我跟那位天道同學不一樣，只是徒具表象的空心女。」

心春同學不知為何有些賭氣似的講了這種話。我稍微偏著頭回嘴：

「可是，其實我會尊敬有能力營造表象的人耶。啊，我這話完全沒有打氣的意思，單純說說而已。能夠毫不懈怠地努力學到那種技術的人，我覺得很厲害啊。」

我直直地望著心春同學的眼睛這麼說，她就甩頭將目光轉開。

「……你又自然而然就講出那種話……！」

「？又？」

我以前跟心春同學講過類似的話嗎？……我不記得耶。糟糕。對方記得會話的內容，我卻已經忘了，這不是超失禮的嗎？

當我拚命想回憶而皺起眉頭時，心春同學就有些壞心眼地笑著纏過來。

「哎呀，雨野學長，你居然忘記跟這麼可愛的女生有過什麼交流，是不是稍微得意忘形過了頭呢？」

「唔……！的、的確，我最近或許太得意了！換成前陣子，明明在高中的所有對話我都會記在心裡！」

「……啊……對不起，害你想起哀傷的高中生活了……」

「咦？妳現在才扮成『打從心裡同情遺憾型學長的學妹』是怎樣！請不要這樣！我覺得內心好像真的變空虛了！」

我抗議以後，心春同學就開心地笑了一笑，像在惡作劇地問：

「欸……雨野學長，你是不是常被說成讓人想欺負的類型？」

「我常常在不知不覺間被講成那樣！」

「啊哈哈，我看也是！哎，畢竟欺負學長真的好好玩！」

「妳隨口就講出那種過分的話！話說心春同學，感覺妳已經完全沒有心在我面前扮演『乖巧的妹妹』了耶！」

「咦？啊～～……對啦，是這樣沒錯。」

心春同學對我的吐槽露出苦笑。這次她有些粗魯地抓了抓後腦杓，越來越沒有保留地用她的「本性」回應我。

「唉，我嘛，從以前就是不想把任何事積在心裡的性子。負面情緒自然不用說，包括工作、好感、性方面的慾——動力，我都想在可以發洩的時候就發洩出來。」

我對她的話十分同意。

「啊，這我可以體會。我也很容易一下子就把情緒坦白講出來。因為我的個性本來就會過度操心而怕東怕西的，假如在可以安心的地方也不能吐露真心話，情緒大概就會累積到爆發。要說這是『窩裡橫』，我也無法反駁就是了……」

我這麼一說，心春同學就眼睛發亮地提起了興致。

「是啊是啊，我了解我了解！就是這樣！說起來，我在碧陽當學生會長也是……雖然會長的角色並不是百分之百出於演技，不過講話要節制的場合還是滿多的……正是因為這樣，我跟家人或朋友講話時……還有在網路上，都會想毫不顧忌地將本性展露多一點。」

「就是說啊！不過也因為這樣，我在放縱時就會有放縱過頭的毛病……」

「對對對！我懂～～！一直過那種要把收斂跟放縱分清楚的生活，不知不覺中用來控制放縱的煞車就會完全生鏽！」

「那正是我要講的！像我平時都會提心吊膽地在意其他人的想法，一不小心就會像變了個人似的凶我弟弟或上原同學，或者在堅持對遊戲的主張時跟天道同學或千秋搞對立。」

「會喔會喔，到最後就會變成這樣，即使在外頭碰見認識的人也克制不住暴衝的欲求，結果就大剌剌地放膽買情色遊戲了。」

「對啊……」

心春同學一邊說一邊舉起裝著軟體的袋子。

我同樣舉起自己的塑膠袋回應……我們倆就這樣對著彼此苦笑。

一回神，在我跟心春同學之間，之前的那道隔閡已經變得無影無蹤了。

既然如此……正因為我們本來就是同好，話題便像潰堤般源源流出，簡直跟……我最初遇見她姊姊的時候一模一樣。

「啊，對了，心春同學，妳有玩E○shully上個月底出的新作嗎？」

「當然有！咦，學長你也有玩嗎！那家公司設計的遊戲性依舊不輸家用主機耶！」

「沒錯！就是那樣！妳能體會嗎！唔哇，好高興喔，身邊居然有其他人玩過！」

「我才想說呢！哎呀，不過那款遊戲的劇情CG有滿多都是偏重口味的喔。雨野學長……你裝得一副草食性的樣子，沒想到還真是深藏不露耶。」

「會嗎？可是……跟『認真優秀又長得超可愛的會長愛玩情色遊戲』的事實一比，我覺得自己根本不算什麼耶。」

「！……又、又跟姊姊告訴我的情報一樣，你都會無自覺地直接誇獎人耶……」

「？什麼情報？啊，不講這個了，重要的是那部作品！雖然玩家的目光都會不自覺地放在系統面上，可是妳不覺得劇情也堪稱絕品嗎？」

「沒錯！就是那樣！就是那樣！我一直對網路上只會大力讚賞系統這一點有些不滿……果然劇情也是很優秀的！」

「是啊！對了對了，講到這陣子的其他傑作——」

於是，從那裡走到車站的路程中……我們倆就毫不間斷地一直大談平時沒人可以切磋的情色遊戲經。

＊

「咦？千秋？」

我跟心春同學一起走進車站以後，就意外遇見了坐在候車椅上把玩手機的千秋。

我一開口，看似毫無防備的千秋坐著抬頭看見我，便嚇得驚慌失措。

「景、景太？你、你怎怎麼會出現在這裡……？」

慌到發抖的她讓手機從手裡滑落。我立刻伸手接住，身手漂亮到連我都想替自己叫好。

我臉色有些得意地看向千秋，可是……

「請、請把手機還我！」

「唔咦！」

她就急得像搶劫一樣把手機拿走了……老實說我滿不爽的。

「（最近我稍微忘記了，這傢伙對我來說果然還是敵人。）」

原本我們只是因為對「萌」的觀感不同才犯沖，不過到現在我總覺得是雙方對彼此的為人都感到厭惡。看吧，像現在千秋大概就是因為生氣，面紅耳赤地眼睛帶著一絲淚光在瞪我……是喔是喔，像我這種人連碰妳的手機都不行嗎？

「（我好像有瞄到很熟悉的手遊畫面……算啦。我連跟她聊遊戲的興致都沒了。）」

我刻意嘆氣給千秋看，心春同學就從背後打圓場似的湊過來了。

「呃，我今天本來就是跟姊姊一起上街的。我們到途中都還是一起行動，不過因為各自另外有事情要辦，就約好在車站碰面然後先行解散了……」

「喔，原來是這樣。所以妳才會獨自去買情色遊──」

我話說到一半就被心春同學用力瞪了，我連忙修正內容。

「──所以妳才會跟獨自去買情色遊戲而心花怒放的我在路上碰個正著。」

「……唔哇～～……景太，你超噁的……」

我被千秋用冷冰冰的目光看待……呃，雖然我去買情色遊戲是事實啦……這種只有我受傷的奇妙感覺是怎樣？

我瞥向心春同學，就發現她一臉事不關己的樣子看著旁邊……應該說這個女生也不簡單嗎……？

「受不了，為什麼會這樣……」

千秋一邊咕噥一邊將手機收進口袋並從椅子上起身。

我看千秋穿便服也才第三次……不過她依然完全跟我屬於同類型……穿著一身「明顯沒花錢，但是勉強能看」的打扮，T恤配單寧材質的裙子。該怎麼說呢……不爽歸不爽，但如果我生為女人，我真的認為自己會做這種枯燥乏味的打扮。雖然不甘心，但是以千秋的情況來說，由於她身材還算不錯，感覺這樣穿也滿稱頭的。居然可以營造出「反璞歸真」的休閒時尚感，明明她其實根本沒有到那種境界。

「怎、怎樣啦，景太？一直盯著別人的身體看。愛玩情色遊戲的男生就是這樣……」

「哼，千秋小姐，敢把自己跟情色遊戲的女主角擺在同列，妳對自己可真有信心。改變造型後就跩起來了嗎？」

「我……我才不想被誤打誤撞開始跟天道同學交往就自認是後宮輕小說主角的宅男講成這樣！」

「唔，這株海帶依舊帶刺……！」

「愛空想的豆芽菜男就是這樣……！」

我們貼近距離狠狠互瞪。然後，旁邊則有心春同學佩服似的看著我們。

「你們兩個吵起架真的是順暢如流耶……簡直可以當技藝了。」

「一麻煩妳不要說得好像我們很有默契一樣！」」

「我覺得自己剛才目睹了世界上最有默契的男女！」

心春同學莫名地有點感動……我非常不能心服……！

我跟千秋「哼」地轉頭背對彼此。被我們兩個夾在中間的心春同學嫌麻煩似的搔了搔臉頰，為了先平息場面，她的話鋒轉得有點硬。

「呃，那麼，雨野學長，謝謝你送我到這裡——」

「雨野學長？」

一瞬間，千秋看似被心春同學稱呼我的方式吸引了注意力而板起臉孔。

我表情不悅地予以回應。

「怎樣，有意見嗎？實際上我就是比心春同學大一歲，這樣叫很正常吧。」

「才不正常呢。憑你也敢讓人叫『學長』，太囂張了。何況我們家的心春可愛聰明又溫柔還當學生會長，她可是完美無缺的妹妹耶！」

千秋這麼凶了我以後，心春同學立刻臉紅地低下頭。

「唔哇～～……這裡還有另一個會用大白話誇獎的人……饒了我吧……」

心春同學似乎咕噥著什麼，但是我顧不了那麼多也跟著反駁。

「心春同學確實既可愛又聰明，而且講過話以後就發現她個性很好，我也覺得這樣的女生選上學生會長能讓人心服口服啦！但我年紀就是比她大啊！」

心春同學頓時臉紅得像是忍無可忍地大吼：

「你們兩個是怎樣啦！表面上裝成在吵架，其實是聯手在鬥我嗎！」

「可是可是，就算你年紀比較大，我妹妹的為人肯定還是比你高尚！至少她跟大白天就大刺刺地買情色遊戲的人渣完全不同！」

「唔！」

心春同學突然按著胸口呻吟。她……她在局外也中槍了！這下不妙！

「要、要罵我可以，但是我不容許妳看扁所有情色遊戲玩家！」

「你想辯解的是這個部分喔？你什麼時候變得像情色遊戲玩家的代表了？」

「呃，沒有啦……總、總之要貶低我可以，可是不要貶低情色遊戲玩家！這也是為了妳珍惜的人著想！」

我一邊用眼角餘光確認心春同學沮喪的模樣，一邊向千秋聲明。

然而我真正的用意當然沒有傳達給她。

「那、那是什麼歪理！呃，要、要說的話，我確實沒有打算罵你以外的人……要我為此道歉也是可以……」

「對，千秋！要罵就衝著我來！」

「所以你到底在激動什麼嘛！哎唷……夠了。我沒勁跟你吵了。」

千秋嘀咕完以後才總算收起鬥嘴的矛頭……我再怎麼討厭對方，也不會對沒有戰意的人窮追爛打。我同樣做了兩次左右的深呼吸，然後切換心思。

我們倆像這樣冷靜以後，心春同學就重新向千秋簡短地說明了碰巧遇到我的經過（情色

遊戲的部分完全省略）。

「喔……你們剛好在路上相遇，就一邊閒聊一邊走到了這裡啊……？」

「「是啊是啊。」」

千秋總算理解了，我和心春同學則笑吟吟地點頭。

然而……千秋的臉色立刻又變得納悶。

「………可是，之前你們的距離感是這樣的嗎？」

「「唔。」」

我和心春同學有些語塞。哎……我們可以說是因為同時拿起了情色遊戲，才會有接下來的真心話交流……假如只是在路上碰面，正常來講也許打個招呼就道別解散了。

心春同學試著辯解。

「姊，妳想嘛……我跟雨野學長在網路上也有交流啊，對、對不對？」

「唔……」

結果，這次不知道為什麼變成千秋畏縮了…………？得知我跟心春同學在網路上的關係，為什麼會讓她有這樣的反應？

「（啊……妹妹跟敵人在網路上有聯繫，當姊姊的會排斥嗎？）」

如果是這種理由，我倒不是無法理解……

當我感到疑心時，千秋就咳了一聲清嗓……然後莫名其妙地眼睛亂飄並問我：

「呃……關於在網路上的交流，你跟心春聊了什麼……？」

「咦？沒聊什麼啊…………還有，我非要告訴妳嗎？」

我覺得這對我跟心春同學都是相當敏感的部分就是了。就算是親人，要清楚交代這些也會有所顧忌……

在我為難的時候，心春同學不知道為什麼又幫忙緩頰了。

「啊，那個，關於〈NOBE〉還有〈MONO〉的事情，基本上都可以對我姊姊公開喔，雨野學長！」

「咦？不對吧……這到底是怎樣……」

居然說可以對親人大方揭露自己在網路上的面貌……我不太能全盤理解這樣的想法耶。至少換成我就絕對不想告訴自己的弟弟。

心春同學對疑惑的我露出男子漢坦蕩蕩的笑容。

「因為我們姊妹間根本沒事好隱瞞！」

「（心春同學，妳哪有資格講這種話啊！）」

目前就在自己包包裡藏著情色遊戲的妹妹說了些什麼耶。我覺得這一幕非常超現實……但是總不能當場說破。

我不情願地認了……只好向千秋說明跟心春同學交流的經過。

「關於網路交流的部分還沒有談得多深入……哎，不過我們藉機會閒聊還算滿開心的，大概就這樣。」

「你跟心春閒聊？到底聊什麼啊？」

「「唔。」」

我跟心春同學頓住了……好纏人！這個姊姊好纏人！怎樣啦！這傢伙為什麼會那麼介意我跟心春同學的對話？

我跟心春同學默默地互相使眼色商量對策。今天出太多狀況，我們已經把這一套摸熟了。可是擠眉弄眼似乎反而成了敗筆。千秋加深眼中的疑惑之色，我們變得無法動彈。

當狀況僵持不下時……忽然間，附近響起了手機來電的聲音。

一下子以為是自己手機在響的我做了確認，但似乎不是。結果千秋慌慌張張地表示：

「啊，是我的電話。」並且掏出了手機。這傢伙……連來電鈴聲都跟我一樣…………唉。

「「（不管怎樣，暫時得救了。）」」

我跟心春同學望著彼此微笑……怎麼回事啊？明明她對我的態度比之前粗魯，不可思議的是我卻覺得這樣不錯。難道是因為共有把柄嗎？我覺得自己跟之前不一樣，變得更接近「星之守心春」同學了。

可是另一方面，我越了解她這個人的本質……

「（總覺得……雖然性質跟態度生硬時不同，但心春同學跟〈NOBE〉或〈MONO〉之間還是有差別……）」

在千秋接電話的這段空檔，我茫然地思考。

……心春同學固然也是非常好的「好人」，我認為她在人性上跟〈NOBE〉或〈MONO〉也有一些共通處，不過……終究還是不同。

「（唉，既然她本人都表示會將角色做切割，我有這種觀感也是合理吧……）」

明明事情完全說得通，我心裡卻無法徹底認同。我是第一次遇到這樣的狀況……呃，雖然心春同學人真的很好……

「？雨野學長？」

「！啊，沒事，沒有什麼，對不起。」

一回神，我才發現自己直盯著心春同學看。她的臉有點紅。被沒多熟的男生認真凝視臉孔，當然會覺得排斥才對。

我做了反省，然後低頭向她賠罪並表示：

「那麼……畢竟千秋好像也忙著講電話，我先走了。」

「啊，好的。那麼……呃……那個……」

「？」

心春同學不知為何變得忸忸怩怩。我不解地歪頭，她就有些不甘心似的噘著嘴……向我嘀咕了一句。

「……下次見。」

「咦？啊……好、好的。呃，那麼，下次見。」

我受寵若驚地一邊回禮一邊答話……因為我沒想到她會這麼說，心裡真的好高興。

「（這肯定是客套詞……但還是令人感激。心春同學真厲害。）」

不愧是選上學生會長的人，社交能力比我強多了。儘管我覺得心春同學果真厲害，然而另一方面……

「（這個人……真的是〈NOBE〉兼〈MONO〉嗎？）」

我所喜歡的……讓我有強烈共鳴的那兩個人……真的存在於這個精明能幹的女生心裡嗎？我越是跟她相處就越覺得……

「咦！那、那那那到底是什麼意……上、上原同學？上原同學！」

「「？」」

——這時候，千秋突然朝手機大聲呼喚。

我和心春同學嚇得看向千秋……就發現她愣愣地望著通話似乎已經切斷的手機……然後用大為動搖的表情轉向我們這裡。狀況顯然非同小可……！

心春低聲向我確認：

「（姊姊說的上原同學……是你們同好會的現充帥哥對不對？就是她原本抱有好感的那個男生……）」

原本？呃，我想千秋現在還是對上原同學有好感啦……哎，算了。

「（是的，呃，上原同學對我們來說是非常可靠的英雄。）」

「（事到如今……他找姊姊會有什麼事啊？）」

事到如今？雖然我不知道這話是什麼意思……哎，算了。

「（……我也沒有頭緒。）」

我和心春同學望著彼此，然後別無用意地互相點頭。

隔著一拍以後，我們就同時問千秋：「「怎、怎麼了嗎？」」

於是……千秋眼睛飄來飄去地用發抖的嘴巴向我們說明了。

「上、上原同學……他……用認真的語氣講完一句話就掛斷了……」

「「……他怎麼說？」」

「呃……就是……」

千秋說到這裡先吞了一口口水，接著……她重新告訴我們：

「他是說『我決定只選妳一個了！』……」

「「────」」

霎時間，之前談的內容全被拋到旁邊，我跟心春同學都失去了表情。

而千秋像是為了跟我們確認……就嘀嘀咕咕地問：

「換、換句話說……上原同學的意思是……！」

話說到這裡，現場頓時像大海退潮般充滿詭異的寂靜。緊接著，在下一刻──

宛如狂猛海嘯湧上，我們幾個全都一起大叫！

「他告白啦啊啊啊啊啊啊啊啊啊啊啊啊啊啊啊啊啊啊啊啊啊啊啊啊啊啊！」

──這幾天以來，我們幾個的心思各自微妙搖擺著。

然而，我跟星之守姊妹在此刻……都覺得零零總總的一切全被拋到九霄雲外了。

✖雨野景太與刻意受引導者

「想叫人家加入電玩同好會？……你是認真的嗎？」

「對，我是認真的。」

我明確地點頭，面前的亞玖璃同學便停下吃甜甜圈的手，然後有些困擾地蹙眉。

「……呃……為什麼？」

嘴角沾著糖粉的她嘴巴開開地偏頭。

我笑著回答她：

「為什麼……當然是因為我跟上原同學都希望跟妳開開心心地舉行同好會活動啊。」

亞玖璃同學聽了我直率的答覆，一瞬間曾回以看似欣喜的微笑……然而，她立刻就擺回原本疑惑的臉。

「呃，雨雨，人家很感謝你的心意啦……可是，要我參加電玩同好會？」

「是的，亞玖璃同學。」

「人家明明都不碰電玩的耶。」

「無所謂。要參加電玩同好會，只需要喜愛電玩的心……」

「那就是最欠缺的條件啊。對於電玩，人家沒有愛。」

「……對喜愛電玩的人有愛，也一樣可以。」

「好鬆喔！入會條件好鬆！」

遭受合理吐槽的我把目光轉向旁邊。亞玖璃同學勸解似的繼續說：

「雨雨，人家很高興被你邀請啦。不過，總覺得太勉強了。跟祐一起參加同好會活動似乎滿有趣的……可是人家沒辦法當一個那麼不懂得看場合的女生。」

「唔……」

她講得太有道理，使得我連半句話都吭不出來，但是……但是我總不能這樣就退讓。我不能退讓。

「其、其實我有再次問過天道同學的意願，而且已經得到同意了。」

「天、天道同學要加入啊？」

亞玖璃同學有些動搖。前陣子她曾經對我透露「人家還是信任祐」，不過那碼歸那碼，這碼歸這碼。男友和美少女參加同一個同好會似乎難免會讓她介意。然而……這次的亞玖璃同學並不好對付。

她優雅得完全不合她作風地喝了一口大吉嶺，然後有些勉強地微笑。

「哎，有……有什麼關係，天道同學本來就喜歡電玩嘛。再說同好會裡有雨雨你這個男友，會演變成這樣很自然啊。那並不能構成要人家跟著加入的理由吧？」

「唔……」

事態大幅偏離我原先的估計，這位辣妹遲遲不肯點頭。

為了重新訂定策略，我一面從苦澀的濃縮咖啡攝取咖啡因，一面將目光從眼前的亞玖璃同學轉到店內。

下午兩點多的甜甜圈店裡充滿了暑假後半特有的慵懶氣息，客席間處處可見看似學生的女孩子們正托著腮幫子跟朋友閒聊。

「（不過……回頭一想，大概要歸功於亞玖璃同學吧，即使來到這種和自己格格不入的空間，我也不會覺得難受了……）」

以前我在這種地方就怕被別人看見，甚至還覺得會有人講我壞話。但現在……儘管被害妄想的毛病還在，我卻同時認為「那樣也無妨吧」，感覺臉皮似乎變厚了一點。

「（我覺得……這明顯是託亞玖璃同學的福。）」

她的性格和生活方式雖然是在不同於天道同學的面向上跟我呈對比……但正因如此，讓我大感佩服的地方可以說比比皆是。以現充來講的話，上原同學也一樣，不過亞玖璃同學也還是跟他有所區別。

假如上原同學是「能夠壓抑自己，配合任何人的好人」，亞玖璃同學就是「可以靠展現原原本本的自己而受到大家歡迎的好人」。雖然用草率的方式形容就是「我行我素」，不過她的行為可以說都有節制在讓別人覺得舒坦的範圍。比如像現在……

「不過雨雨，這好好吃耶。啊嗯啊嗯。」

「那真是太好了。」

……原本她要求吃一口我的甜甜圈，現在卻已經吃了三口以上，但頂多也就這樣。行為很可愛，完全在可以接受的範圍。

「……啊嗯啊嗯……啊，對不起喔，雨雨，我好像全吃掉了。啊哈哈。」

「…………沒、沒關係啦。」

我收回前言。老實說，亞玖璃同學也有從可容忍的範圍踏出一些……大約半步的時候。不、不過她這個人大致上只會「任性」到讓人苦笑的程度。

那麼，說到這位人人都愛的亞玖璃同學。

……我在此招認好了。

目前在我心裡占最大比重的女性就是她。

「（對不起，天道同學……）」

我在心裡向交往對象賠罪，卻還是止不住自己的這份情緒，感覺止也止不住。我對亞玖璃同學是如此……如此地……

如此地感到「同情」！

「（男友居然趁自己暑假外出旅行時向其他女生告白，未免太可憐了啦啊啊啊啊！）」

我想了好幾次還是覺得催淚，連忙在桌子上將雙手交握，然後低頭將前額擱在手背上——結果亞玖璃同學就擔心似的探頭朝我看了過來。

「對、對不起喔，雨雨？你的甜甜圈……」

「不會……沒關係的，亞玖璃同學，沒有關係喔……」

唉，這個女生太善良了。被這樣的女生吃掉甜甜圈，哪有什麼好生氣的呢？

我緩緩抬起臉龐，和氣地對著她微笑。

「……要多吃一點喔。」

「奶奶！雨雨，人家剛才在你身上看見了以前好疼我的奶奶的影子耶！」

「是嗎？善哉善哉。要我再請妳吃一個嗎？」

「你對人家太好反而很噁心耶！雨雨，這是怎樣？啊，難不成是為了收買人家加入電玩同好會嗎？」

「沒那種事。奶奶只要妳過得幸福就好了。」

「聽你裝得那麼假也很令人火大！」

即使被亞玖璃同學說成這樣，我仍然毫不間斷地帶著微笑凝望她。我明白她受不了我演的奶奶，即使如此，我還是無法改變這種態度。

因為我在當下已經打定主意了。

「（無論發生什麼，我都會……我都會全面站在亞玖璃同學這一邊！）」

雖然對上原同學跟千秋不好意思，但這就是我做出的結論。

＊

時間回溯到大約一個星期前。

在千秋意外被上原同學告白的衝擊性事件發生過後。

我和星之守姊妹急忙改換地方，到咖啡廳舉行緊急對策會議。

然而這個時候，在進入會議的正題之前……對局面進行簡單「複習」時，卻有事情讓我大吃一驚。

那就是千秋對於我的人際關係居然有兩項嚴重的誤解。

首先，第一項誤解是關於我跟亞玖璃同學的關係。

千秋對上原同學和亞玖璃同學交往的事並不知情……這部分連我都能隱約察覺到。然而問題不僅如此，不知道千秋是怎麼誤解的，她甚至以為我本來跟亞玖璃同學在交往。我當然矢口否認：「沒有那種事。」可是對於這一點，千秋和心春同學一直到最後都沒有完全認同。癥結好像在於我被問到常常跟亞玖璃同學一起喝茶的理由時，回答得有些吞吞吐吐。

話雖如此，要我講明「我們是在討論彼此的感情事」也不太好啟齒。

結果我含糊地回答：「我跟亞玖璃同學只是合得來的朋友。」「所以常常閒聊罷了。」於是心春同學不知為何就冷眼指正：「那不是等於超要好的嗎？」而我在這個時候又答不上來……到最後她們姊妹倆對於我跟亞玖璃同學的關係就落到「保留再議」這種結論了。

不過呢，幸好關於亞玖璃同學和上原同學在交往這一點，她們兩個都還算能接納。只是我有點意外，千秋看起來並沒有受到多大刺激……難道她也察覺到一半了嗎？

還有，千秋的另一項誤解……就是她一直以為我跟天道同學的交往關係是在假扮情侶。這是從前述的「亞玖璃同學是我前女友」這個說法發展出來的推理，天道同學之所以會答應我的告白，是因為她「好意」想拯救被亞玖璃同學敲詐的我……千秋似乎如此認為。這樣就

能理解千秋先前為什麼一直跟我強調「好意」這個字眼了。

話說回來，整件事真的很沒有禮貌。居然說我被亞玖璃同學敲詐……或多或少是有啦。不、不過那根本沒有千秋想像的那麼嚴重。

然而，我這樣辯解以後，千秋立刻就……

「啊哇哇，沒錯沒錯，『實際上有受到霸凌的小朋友』的典型證詞就是那樣！好比『那只是跟朋友玩摔角』的開脫藉口！」

她嚇壞了。呃，確、確實有那種調調啦！不過，亞玖璃同學實際上又不是惡女。我拚命表達這一點，才設法解開了千秋的誤會。聽千秋說，她之前和亞玖璃同學玩升官圖時，似乎也曾留下「唔唔，沒想到這位辣妹似乎是個好人」的印象。當然了，畢竟亞玖璃同學實際上就是好人。

因為如此，我意外獲得機會跟千秋化解了幾個誤會。

不過，我也趁當下對自己跟天道同學的交往情形做了補充。

「哎，天道同學那邊的想法不能和我一概而論……但至少我是喜歡天道同學才繼續跟她交往的。這一點絕對不假。」

我篤定地表達自己的想法，可是千秋這時候卻露出了神情複雜的苦笑。難道她希望立場敵對的我繼續當一個被惡女亞玖璃同學欺騙的愚蠢可憐蟲嗎？我不太懂千秋真正的心思。

總之，修正過這些細微的錯誤認知以後，千秋改掉了把亞玖璃同學當惡女的看法（雖然也有接近正確的部分啦）；還有，她「姑且」也認同天道同學似乎是抱著「好感」而非「好意」才跟我交往的了。

會議舉行到此，我們總算才談及「上原祐向千秋告白一事」這個正題……

「所以說，我把那個叫上原的帥哥當成花心到極點的爛人應該ＯＫ吧？」

這句話來自沒有跟上原同學直接見過面的心春同學。雖然她罵得相當狠，但是讓置身事外的人從客觀角度綜觀全局，會講出這種意見也不是無法理解。

畢竟要提到上原同學……他在對我表示「無法支持我跟天道同學交往」……換句話說，就是表明自己喜歡天道同學以後，連舌根都還沒乾，又打了電話向千秋告白。

結果這樣的他本來就已經有亞玖璃同學這個正式的女朋友……光聽這些情報，心春同學擺出的態度也是合情合理。有這樣的人來騷擾姊姊，她心裡肯定不是滋味。

另一方面，我跟千秋卻完全無法贊同心春同學這樣的意見。

理由很單純。因為我們敢肯定上原同學絕對不是那樣的「爛人」。

千秋低聲咕噥：

「心春，上原同學對大家都很溫柔，他是個可靠又迷人的男性喔。」

「姊，其實那種人才最危險啦。照他那樣子，只要走錯一步路就會自稱後宮王了。唉，討厭討厭。肉食性現充男生就是這樣。」

坦白說，心春同學對上原同學的評價非常嚴厲卻也十分帶有說服力，但是我跟千秋都完全無法信服，因為我們知道他的為人有多棒。可是從心春同學的角度來看，「兩個落單又好騙的人都被哄得服服貼貼」的現狀似乎讓她對上原同學抱持的疑心更深了，扯都扯不清。

但這樣討論下去完全不會有進展。我們只得不甘不願地退讓，用上原同學「是個覺得後宮思想無傷大雅的男性」當前提來主持會議。

我在桌上交握雙手，鄭重地發言：

「所以說，這次我們所討論的上原同學突然向千秋告白了……」

話講到這裡，我對千秋和善地露出了微笑。

「呃，先不管那些嫌疑，千秋，首先我要恭喜妳。」

「咦？」

「沒有啦，被憧憬的人告白到底是件榮幸的事吧？千秋，先不管上原同學的那些嫌疑，我想妳可以先為此高興才對吧。」

因為我最近不期然地開始跟天道同學交往，所以可以理解……就算背後另有玄機，能聽見憧憬的人「示好」總還是一件喜事。

然而……千秋的表情卻不可思議地僵硬。

「呃，怎麼了嗎？妳還是介意上原同學身邊的那些嫌疑嗎？」

「是、是啊，哎，是那樣沒錯……」

我對千秋有口難言似的語氣不太能接受，就進一步問了。

「話雖如此，我覺得被喜歡的人示好就可以放開心胸感到高興啊。」

「……被喜歡的人示好……就可以放開心胸……高興是嗎…………」

這時候，千秋不知為何往上瞟了我，然後柔柔一笑。

「或許是吧。嗯……我想我會很高興。假如……能聽見在意的人說……他喜歡我，那真的很令人高興。」

「？對吧？那我們大可先慶祝上原同學向妳告白——」

「咳！」

結果這時候，心春同學不知為何露骨地咳了一聲打斷我們的對話，我只好先停止追究。

心春同學有些強硬地修正會議的討論方向。

「目前我們該趕緊討論的，應該是姊姊往後的安身方式吧。」

哎，話是沒錯啦。我偷看了千秋的模樣，就發現她正困擾似的低著頭。不行……我還是會在意。雖然有可能惹她不開心，但是就再問一次好了。

「呃，千秋，妳本來是對上原同學有好感的，對不對？」

「是那樣沒錯……」

千秋還是答得不乾脆。莫非她不好意思坦然說出自己的好感？雖然我並不是不能理解這樣的想法啦……

心春同學的目光好刺人……沒辦法了，到此先打住吧。

「唉，目、目前他身邊有那麼多嫌疑，就算你們兩情相悅，妳會猶豫要怎麼答覆也是可以理解的吧，沒有錯。」

「兩情相悅是嗎……」

千秋嘀咕的樣子依然沒有多開心……唔～該不會是因為上原同學的身價突然暴跌了吧。千秋的情緒比我想像中低落。哎呀呀，傷腦筋了……咦？傷腦筋？我為什麼會這麼想？難道我這麼排斥千秋變得沒精神嗎？我們明明是死對頭耶，為什麼？

思索這些的我也跟著沉默下來，結果心春同學似乎終於按捺不住，就用力把手「磅」地擺到桌上。不愧是學生會長，格外有魄力。

「我個人覺得只有『盡快拒絕掉』這一種選擇！兩位有什麼意見要反駁嗎？」

「「呃……」」

儘管我和千秋都無法忍受上原同學真的被講得像個爛人一樣，可是單從情況看來實在有理虧的部分。我們除了情緒論以外無話能說。

還有，我個人最心痛的一點是上原同學目前已經有亞玖璃同學這麼棒的女朋友，要是千秋回應了他的心意……就會讓亞玖璃同學傷心。對我來說，那是絕對無法容忍的事情。

「…………」

……嗯……就是嘛。沒錯，唯有那樣絕對不行。這表示我應該……

「千秋。」

「？嗯。」

做好覺悟的我在桌上交握雙手，面對面地望著千秋的眼睛。

我的態度非比尋常，使得千秋也跟著挺直背脊。在吞口水的心春同學觀望之下，我明確地告訴千秋：

「坦白講，我也不希望妳跟上原同學交往。」

「咦？」

大概是因為生氣，千秋臉紅了……也難怪吧。她的感情路沒道理讓死對頭來置喙，何況還是否定的意見，聽了當然會火大才對。

即使如此……我還是想為亞玖璃同學撐腰。因為我敢篤定，她才是應該陪在上原同學身邊的女性。

我當場將額頭貼到桌子上，對千秋低頭拜託：

「這就是我的誠意！我也明白這樣不禮貌……但如果妳的心意淺薄到因為一點猜疑就會遲疑要不要交往，我希望妳這次不要答應上原同學的告白！求妳了！」

「咦？等等啦，景太？你、你你你為什麼要把話說到這種地步……？」

因為我想支持亞玖璃同學……這層理由總不能說出來。我要是說了，就等於把責任和仇恨推給她，那是最差勁的行為。這是我擅做主張，只求自我滿足。然而……另一方面，雖說千秋是我的死對頭，我也不能隨便對她扯謊編理由。

我把額頭更加用力地貼到桌上。

「我現在不能說理由！雖然我不能說……也知道自己這樣很差勁……可是，這就是我現在毫不虛飾的真誠想法！所以拜託妳了，千秋！」

「景太……那個那個，你、你的意思是……」

「學長……代表說，你心裡其實對姊姊……」

她們姊妹倆似乎都動搖得聲音顫抖。不，與其視為動搖，那大概是憤怒吧。這是當然的。心春同學似乎多少察覺到了……因為……因為跟千秋相比，我心裡更在乎亞玖璃同學的幸福，罵我差勁都算客氣的了。

而我現在能做的就只有低頭。

不過，她們姊妹倆表示「也要顧慮其他客人的目光」，我只好不情願地抬頭。

……結果，重新面對面以後……星之守姊妹倆的臉都比想像中更紅。

不知道為什麼，千秋看似有些欣慰地咕噥：

「明明有交往對象了還搖擺不定……太、太糟糕了嘛！真是的！」

「咦？對、對啊，說得沒錯。那樣是不行的。」

雖然主詞被省略掉了，但千秋應該在說上原同學吧。而且，她用「糟糕」來評價原本憧憬的對象……這就表示……

「（表示千秋答應了我的懇求，她願意拒絕上原同學的告白嗎！）」

多麼有慈悲心腸的海帶啊。我打從心裡對千秋另眼相看就忍不住面對面盯著她的眼睛。

千秋忸忸怩怩地害羞起來……哎呀呀，那謙虛的態度也很了不起！我真的對她另眼相看了！

當我想東想西時，這次換成心春同學……莫名其妙地臉紅，而且泛著淚光開口了。

「好詐喔……！拚命到這麼純粹的地步……無論如何就是要逼人回心轉意嘛……！」

「？回、回心轉意？呃……」

糟糕，這下我真的聽不懂意思了。這要怎麼解釋才能把前言後語串起來啊？呃～～心春同學想逼誰回心轉意？上原同學？不，這樣講不通吧……話雖如此，讓我回心轉意又沒用……還是說，我聽漏什麼重要的發言了嗎？所以我才聽不懂她為什麼這樣接話？

大有可能是如此，但氣氛好像也不容許我要求心春同學重講一次……

「（唉，不、不管了，總之先笑一笑混過去吧。要盡可能笑得灑脫……好！）」

「！哼、哼！學、學長也真是個令人傷腦筋的人耶！你這禽獸！」

「咦～～！」

唔哇，我好像在選擇回應方式時犯下致命錯誤了。隨便給反應果然不行！就是因為這樣，面對人際關係絕對要小心，不能聽漏一字一句！因此……以後就算別人再怎麼批評這種特質，我還是會連對方像是在自言自語的詞都仔細聽進去！

在我如此下定決心以後，心春同學就咳了一聲把話題帶回去。

「那麼……姊，結果妳打算怎麼做？要現在就打電話拒絕掉嗎？」

「咦？可是……那未免……」

千秋的表情有些緊繃。這還用說。假如我是千秋，一樣會對「甩掉上原同學」這項任務敬謝不敏。簡直太沉痛了。倒不如說，像我們這種內心軟弱的落單屬性者，甚至大有可能在短期內都因為自我厭惡而動彈不得。自己究竟什麼時候偉大到可以甩掉上原同學了？……會有類似這樣的自責之念。

「即使要拒絕……又沒有什麼適合的理由……」

「「啊～～……」」

被千秋一說，我和心春同學不禁陷入沉思。確實沒錯。總不能大剌剌地說「上原同學，因為你最近的女性交往關係很可疑」或者「是景太求我不要跟你交往的」。既然如此……

「千秋，能不能說妳另外有了喜歡的人呢？」

「咦？」

我問了以後，千秋的臉頓時紅到前所未見的程度。

這時候，心春同學突然來勢洶洶地插話了。

「雨野學長，你的字典裡沒有『含蓄』這個詞嗎？」

「咦？呃……咦？對、對不起喔……？」

雖然我完全不了解她在氣什麼，但還是反射性地先道歉。

星之守姊妹倆不知為何都為了調整呼吸而反覆吸氣跟吐氣……這、這是什麼氣氛？按照話題的進展……我只是講了一個必定會想到的點子吧……對不對？

心春同學稍微瞪了我，然後說明：

「雨野學長，實際那樣做的話……要是被上原同學追問對方是誰不就傷腦筋了嗎？」

「我嗎？為什麼？咦？我一點也不會困擾啊……」

「「是怎樣！好有男子氣概！」」

感覺星之守姊妹對我亂佩服的…………？糟糕，我剛才是不是跟她們在認知上有什麼致

命的誤差？有跡可循耶。有歸有……我卻想不出傾向跟對策。該怎麼辦好呢？

我一發呆，千秋就咳嗽清了清嗓。

「不管怎樣，那樣拒絕會鬧出很大的風波，所以我不要。」

「會嗎？可是『沒什麼特別理由，我就是不想跟你交往』……這樣的說詞也不好吧？」

「我對傷害爛人的用詞本身一點也不介意，然而最怕的就是讓姊姊用含糊的理由拒絕而遭到對方胡亂糾纏。哎……老實說，我也想不出替代方案就是了。」

於是乎，我忽然想起天道同學之前老是在拒絕別人告白這件事了。某方面來說，她算是「謝絕」的行家。

好事不宜遲，我當場就撥了電話給天道同學。在星之守姊妹都以一副覺得奇怪的樣子守候下，鈴聲響過幾次以後，天道同學就接起電話了。我簡單問候，然後順勢切入正題。

「天道同學，請傳授我甩掉異性時可以用的技巧！」

『…………咦？』

電話另一端立刻傳來天道同學明顯動搖的跡象。但我還是繼續說：

「對不起，突然對妳做這麼不禮貌的請求！可是……我現在必須學會『巧妙甩掉異性的訣竅』！」

『！…………雨、雨野同學……意思是……要教你怎麼用嗎？』

「？是啊，當然了！請讓我用妳傳授的技巧！」

這是為了朋友。我本來打算接著這麼說，電話另一頭就傳來天道同學聽似稍微含著淚的叫聲了！

『我、我不要！』

「唔……唔咦！」

我沒想到居然會被她拒絕，因此受了動搖……坦白講，或許這確實算不上有趣的話題，不過我現在做這些……都是為了千秋！

「拜、拜託！我能依靠的只有妳了！妳的意見最能當參考！」

『我想也是！問我的話，肯定最實際了吧！』

感覺她自信滿滿耶！既然如此……

「那表示妳願意教嘍？我這樣解讀行不行呢？」

『一點都不行！雨野同學，那種事……那種事你自己想不就好了！嗚、嗚嗚……！』

「天道同學！怎麼了？難道妳被路過的拳擊手揍了肚子嗎！」

『雖然我沒有遇到那麼瘋狂的狀況，可是某方面來說同樣奄奄一息了！』

「咦！請、請等等我，天道同學！我現在就去救妳！」

我急忙起身。星之守姊妹都嚇到了……電話另一頭則傳來天道同學發愣似的說話聲。

『……咦？你要來救我嗎？事到如今？救我？』

「這還用說！哪有當男朋友的不救自己心愛的女友！」

『心、心愛的………………唔唔。』

「天道同學！」

我好像聽見天道同學輕輕倒在地上的動靜！不妙！這下不妙！在街上隨機行凶的拳擊手果然真有其人……！

當我就要拔腿趕去的時候，電話另一頭忽然傳來天道同學明確的講話聲。

『享用完畢。』

「享用什麼啊！天道同學！」

『勞你費心，我已經沒事了。雨野同學，天道花憐沒事的！』

「根本就有事吧！那是什麼莫名其妙的調調！妳被打了嗎！難道妳被打了肚子以後，已經痛到胡言亂語了嗎！」

『某方面來說，我身上算是中了強烈的一拳。感激不盡。』

「妳在感激什麼！總不會是豬木那種人出手打妳的吧！」

『雨野同學。』

「什、什麼事？」

天道同學的語氣忽然帶有正經味。我不由自主地擺正姿勢……結果，電話另一端傳來了她讓人神馳蕩漾的柔和聲音。

『我最喜歡你了。』

「…………」

通話隨即切斷。我將手機收進口袋……然後慢慢就座，在桌子上交握雙手……並且眼神認真地望著面前的姊妹倆。

「哎呀呀……我這位女朋友怎麼會這麼可愛呢？」

「「什麼跟什麼啦！」」

她們兩個卻莫名其妙地吼我，緊接著還一會兒罵「去死！」一會兒罵「差勁！」，但是我幸福洋溢得完全聽不進去。哎……天道同學好可愛喔。

我整個人都飄飄然，星之守姊妹則是情緒激動，就這樣過了幾分鐘。

等所有人總算恢復冷靜以後……話題又回到千秋「該怎麼拒絕」。

「結果我沒有向天道同學問出她的建議……」

我一邊說一邊望向碧陽學園的學生會長。

「心春同學，像妳的話會怎麼做？」

「？什麼意思啊，雨野學長？」

「沒有啦，我想知道妳拒絕告白時會怎麼說。畢竟妳這麼可愛，來跟妳告白的人應該一大堆吧？」

「唔！你又講這種大白話……！」

心春同學卻在桌子上敲了幾下。當我跟千秋都愣住時，心春同學先是咳了一聲……然後才恢復平靜回答我。

「……這個嘛，哎，以我的情況……我會說『目前自己對那些事情完全沒興趣』。」

她的回答讓我忍不住笑出來。

「啊哈哈，什麼叫作『對那種事情』完全沒興趣，明明就會玩情色遊戲——」

「學長～～？」

我在桌子下的腳被狠狠踩了。我滿頭大汗地修正自己的發言。

「……像我會玩情色遊戲，就覺得天底下的娘兒們應該時時都希望讓男人抱到懷裡才對嘛，嘿嘿嘿！」

我的形象突然走樣，讓千秋嚇壞了。

「景太？你是怎麼了！難道被惡靈附身了嗎？」

「哎呀，不好意思，千秋，我只是不小心講出真心話。繼續談妳的感情事吧！」

「誰受得了跟那種本性的人談感情事！話說你還好吧？景太，感覺你的臉都分不出是青還是紅了，顏色好詭異！」

「沒事的，我只是心裡有好幾股情緒正在互相交戰。順帶一提，目前最具優勢的是『雨野景太真的好想死帝國』。」

「這樣哪叫沒事！情緒未免太不穩定了！」

「別在意，千秋，我沒事的。還有心春同學，對不起。」

我賠罪以後，心春同學就用客套的笑容回應：

「不會啊～～別放在心上。就算學長是下流的情色遊戲迷，我也一點都不會鄙視你。是啊，我保證，因為我可以理解。」

「也是啦……」

這時候心春同學的腳跟才總算從我的腳背上挪開，我安心地捂了捂胸口。

接著，她若無其事地繼續談下去。

「我有學生會長的頭銜，所以用『目前沒空』這種性質的理由還說得通……可是姊姊沒有多少事要忙，那樣的託詞大概也沒辦法讓對方接受。」

「那個那個，妳姊姊我有在製作遊戲就是了……」

千秋怯生生地發言。聽她一講，我想起她也有在製作遊戲，就跟心春同學搭話：

「這樣說起來，妳們姊妹倆都有參與免費遊戲的製作耶。對不對，〈ＮＯＢＥ〉？」

「呃……是的是的，是這樣沒錯。」

結果回答我的卻是千秋。呃，我在跟〈NOBE〉講話耶……

當我感到有疑問時，她們姊妹倆忽然同時露出警覺的神色，然後……

「大家好，我是〈NOBE〉！噹噹～～！」

「哇，心、心春好帥喔！」

這對姊妹就瞎鬧起來了。心春同學不顧旁人眼光，站起來擺了偶像明星般的姿勢；當姊姊的則為她鼓掌起鬨。搞什麼花樣啊……姊妹之間才懂的把戲嗎？反正我實在跟不上她們那一套。我咳嗽清了清嗓。

「呃…………妳們兩個可不可以都坐下來？這樣好丟臉。」

「「……唔……你以為是誰害的啊……！」」

「嗯，至少不是我害的吧？」

「「唔……！」」

呃，何必那麼用力瞪我。這對姊妹是怎樣？難道星之守家的血統中有把責任都推到我頭上的遺傳基因嗎？

當她們兩個一邊顫抖一邊就座以後，我重啟話題。

「好了，關於目前千秋、上原同學以及他身邊女性糾纏不清的麻煩狀況……我剛才想到了一個不錯的妙招，可以讓我說嗎？」

「「妙招？」」

星之守姊妹歪頭。而我就對她們……提出了靠逆向思考想出來的那個主意。

「為了確認上原同學真正的心思，也為了盡快看到事情了結……要不要乾脆讓相關的女性都聚集到一起？換句話說……我想將天道同學和亞玖璃同學都拉進電玩同好會，妳們覺得如何？」

*

因為如此，事情再拉回現在，從那之後隔了一星期的甜甜圈店。

另外在這一星期之間，人際關係方面毫無顯著的動靜。理由主要在於上原同學後來立刻就跟家人到海外旅行了。不過，這也表示千秋有了考慮的時間，我認為並不壞。莫非……上原同學告白時就已經看得這麼長遠了？倘若如此，他果真是個恐怖的現充。

「唔～～……可是，人家真的對電玩沒興趣耶……」

在我回想的這段期間，亞玖璃同學仍一直煩惱。我跟她已經爭論了三十分鐘以上，即使

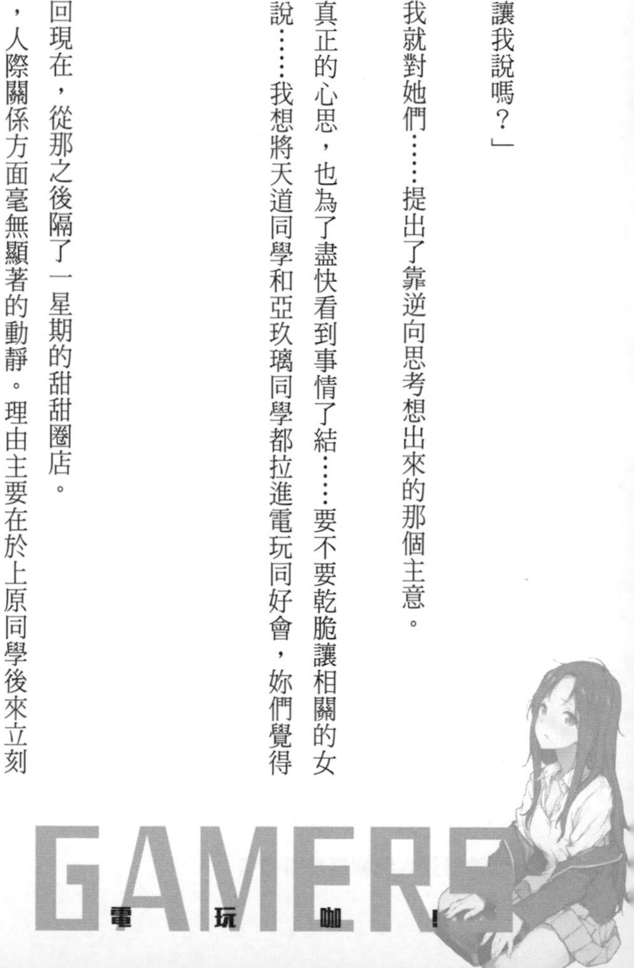

如此……我還是不退讓。

「通融一下吧！好不好！肯定很開心的喔，再說有上原同學在嘛！」

「這確實滿吸引人家就是了……不過對男朋友的興趣或朋友往來都介入這麼多，老實說，這樣的女朋友不會讓人覺得煩嗎？」

「不會！妳是女神！不可能會讓人覺得煩！」

「可是你這種調調煩到極點耶。到底怎麼了啊，雨雨？」

「我嗎？我……我只是把朋友的女朋友當女神崇拜的區區路人角啦。」

「路人角的個性才不會那麼突出！」

「至少我完全願意為妳舉行用雞血的地下儀式。」

「信仰人家不要弄得像邪教一樣好嗎！雨雨，你今天吃錯什麼藥了嘛！很恐怖耶，你究竟想對人家怎麼樣！」

「我想奉妳為唯一的神！」

「你講得好誇張！為、為了什麼啊！」

「因為只要成為神，就沒有人能阻止妳的野心了啊。」

「人家並沒有跟你提過自己有什麼非得成為神才能實現的龐大野心吧！」

「呃，是沒錯啦……該怎麼說呢……」

要戰勝上原同學的花心……讓他對亞玖璃同學專情到完全不把天道同學那樣的美少女放在眼裡，就需要不惜求道成神的氣概了。可是……我總不能跟亞玖璃同學解釋這些。

我一邊緩緩撫弄下巴，一邊用嚴肅的表情回答：

「怎麼說好呢……亞玖璃同學，我覺得妳適合當神。」

「哎呀，人家獲得驚人的才能評價了。」

「所以嘍，跟我們一起在電玩同好會求道成神吧。」

「那是怎樣！電玩同好會在搞什麼名堂！」

「基本上就是電玩愛好者的聚會啊。只有妳要求道成神。」

「有夠格格不入！那人家更不想參加了！」

「糟糕！呃，我說錯了！妳不用當神也可以！我只是希望妳一起來參加活動！」

「拜託，雨雨，都強調好幾次了，人家對電玩又……」

「不算討厭對不對！」

我往桌面挺出上半身問亞玖璃同學。她眨了眨眼睛。

「是不討厭啦……可是……人家技術很爛，懂得又不多……」

「我也是啊。電玩技術爛，又沒有累積任何深厚的知識。」

「不然先不提那些啦，人家的情況是根本就沒有在玩……」

「我也常常一回神才發現自己除了手遊以外什麼都沒玩啊，不要緊的。」

「……或許是這樣啦，不過……人家還是覺得……」

亞玖璃同學的目光彷彿無處可去地亂飄。其實……我也不想把自己的興趣強加在認真表示排斥的人身上。此話不假，可是以她的情況來說……

我稍微跳脫千秋和上原同學之間的問題，改成用自己的意見冷靜地跟亞玖璃同學談。

「……妳不是常常跟上原同學到電玩中心嗎？」

「與其說那是因為喜歡玩電玩……人家只是覺得跟祐一起玩抓娃娃機很開心……才會和他一起去……」

「為什麼妳不能把那樣的動機套用在電玩同好會呢？和上原同學一起開開心心地投入活動不就好了嗎？」

「咦？呃，或許是這樣啦，不過身為電玩菜鳥，人家怕會講出不長眼的話……」

「事到如今，妳覺得我跟上原同學真的會對那些電玩敏銳度零的發言感到不耐煩嗎？」

「人家不覺得……可是那裡有星之守同學，再說天道同學也會加入……還有你想嘛，以後再有別人參加的話，八成也會覺得這樣黏著男友的女生很煩——」

她飛快地講出一連串不肯加入電玩同好會的理由。

「亞玖璃同學。」

而我叫了她的名字，藉此打斷她的話。

就這樣，經過幾秒鐘沉默以後，我和氣地朝亞玖璃同學微笑。

「妳拒絕的理由，從頭到尾……都是在顧慮別人耶。」

「那、那是因為……」

「像妳這種善良又非常懂得看場合的特質，我真的認為可以當美德，也值得尊敬。不過……亞玖璃同學，我想聽妳真正的想法。」

「…………」

亞玖璃同學認真地看過來以後……我也終於下定決心，面對面地挑戰她。

「坦白講，這次我會這麼死纏爛打是因為我有我的打算。雖然不能透露具體內容，但我要先跟妳道歉。對不起。」

「雨雨……」

「不過，我純粹想跟妳一起玩電玩的心也是貨真價實的。」

「為什麼？人家在場又沒有什——」

「因為大家到千秋家裡玩升官圖那次，不就玩得很開心嗎？」

「…………」

剛放暑假，我們就在星之守家玩了《甜甜蜜蜜半生遊戲》。那套升官圖本身絕非值得稱

讚的遊戲，而且種種意外重疊在一起，我和亞玖璃同學在遊戲中的處境更可說是特別無奈。

然而……

為了掩飾害羞，我搔起後腦杓。

「呃……最近跟天道同學交往以後，我對遊戲的樂趣稍微改觀了。」

「……什麼樣的改觀？」

「雖然我還沒整理出一個頭緒……不過，我覺得玩遊戲到頭來大概跟吃飯是一樣的。飯菜本身好吃當然再好不過……可是，有的時候『跟誰吃』會比『吃什麼』遠遠來得重要。」

……畢竟，我當時就玩得非常愉快。老實說……要回家的時候，我的眼眶甚至有點濕，連自己忘了票卡夾都沒發現。

和大家有喜有憂地一起玩升官圖的那段時光，對我來說真的無可取代。

當我滿懷心意地凝望亞玖璃同學，她就往上瞟著我問了：

「……雨雨……你覺得跟人家玩會開心嗎？」

「當然了！」

我帶著這陣子最大的信心點頭。亞玖璃同學輕輕搔了搔臉。

「……祐在跟人家玩的時候……是不是也這麼覺得呢？」

亞玖璃同學羞赧的表情讓我感到痛心。肯定是喔……我想這樣告訴她。換成以前，我就說得出口。可是我現在發現了許多關於上原同學的嫌疑，隨口安慰她……就太不負責任了。

「……對不起。我不是上原同學，所以沒辦法回答妳的問題。」

「……也對。」

「不過，我敢說的只有一點……那就是我們電玩同好會絕對歡迎妳。技術還有知識都完全不需要！能打從心裡享受遊戲，對我們來說就已經是無可取代的伙伴了！」

「……這樣啊。」

這時候，亞玖璃同學在今天……總算第一次露出她那毫無牽掛的笑容了。她思考了一會兒，然後一邊大大地伸懶腰一邊開口：

「那人家有自信跟祐在電玩中心玩得比誰都開心，同樣夠資格參加嘍？」

「是的。」

「那我明白了。既然好不容易被邀請……」

於是，亞玖璃同學像小孩一樣無邪、開心、美麗且靦腆地笑了。

「人家加入電玩同好會試試看吧。」

「真的嗎！好耶！」

「啊，不過呢——」

但她立刻擺回嚴肅的表情補充：

「既然人家決定加入，就會放膽發言喔。對電玩有不懂的地方就會說不懂，覺得奇怪的部分也會說奇怪。」

「儘管來吧。也許有人可以從那種觀點出意見反而寶貴。」

「是喔？那就好……還、還有！最重要的前提是，假如祐會排斥，或者讓星之守同學跟天道同學太費心，到時候人家還是要重新考慮一下喔。」

「好，我知道了……呵呵，妳還是這麼溫柔。」

「嘿嘿，還好啦。雨雨，別迷上我喔。」

「啊，沒問題，那真的不用擔心。」

「唔哇～什麼話啊，聽了感覺超火大。」

好像惹她不高興了。我一邊嘆氣一邊應對：

「不然我因為在意妳而『啵』地臉紅，妳就滿意了嗎？」

「………………唔噁。」

「欸，我說真的，拜託妳不要默默地捂著嘴巴作嘔好嗎？」

攻擊力比單純罵人「噁心」高好幾倍。感覺實在不是鬧著玩的。

「抱歉，雨雨……人家對你沒有那種感情，應該說……在生理上無法接受……」

「咦？我剛才為什麼被人狠狠甩了！我剛才有告白嗎！」

我泛出淚光。完全恢復平時調調的亞玖璃同學就喜孜孜地繼續說：

「啊，不過你別誤會嘍，雨雨。我說生理上無法接受，並不是只有外表方面，要連內在都算進去喔。」

「裝成安慰人卻還繼續補刀，妳太惡質了吧！連精神層面都要否定嗎！」

「3、3、3、1。」

「扯到最後，妳居然還用自己不熟悉的交叉評分方式繼續補刀！打1分的是誰！那個人是被我殺了父母嗎！」

「天道花憐必買。」

「請不要講得像『粉絲必買』！什麼口氣啊，講得好像世界上只有天道同學一個人會認同我的價值一樣！雖然確實是如此！」

「…………呃～～另外就是…………雨、雨雨你好笨喔？」

「想不出花樣就不用勉強找詞罵了啦！這算哪招，妳霸凌我都玩不膩的耶！」

「啊哈哈，抱歉抱歉，感覺這已經變成習慣了。」

「麻煩妳改掉那種習慣！」

亞玖璃使壞般對我的反應嘻嘻笑了。接著她「嗯」地伸展背脊，然後順勢從座位起身。

「那人家差不多要走嘍。其實呢，接下來我要跟全家旅行剛回來的祐約會。」

「這樣喔?真巧，我接下來也要和天道同學見面。」
「哦，不錯耶，你那邊似乎也很順利嘛。」
「託妳的福。請妳也要開開心心地約會喔。」
「當然!雨雨，你也一樣!」
「好的!」
我笑咪咪地看著亞玖璃同學把托盤放到回收處並且離開。於是，我發現她在穿過玻璃自動門不久後，就滿臉笑容地走路連蹦帶跳。
「哈哈。」
難以言喻的幸福感頓時充滿我的胸口。
「(嗯……我還是想站在亞玖璃同學這一邊，哪怕到最後……情況會不利於被上原同學吸引的千秋或天道同學。即使如此……我就是希望讓亞玖璃同學和上原同學一起將幸福掌握到手裡!為此要我出多少力都可以!沒錯!)」
我重新下定決心，從座位起身，然後送回托盤，離開店裡。
比八月上半柔和幾許的陽光熱辣辣地烤著皮膚。
……北方短暫而濃密的暑假就快要迎接結束。

✖天道花憐與專屬合約

「妳是說……妳想先定好自己在電玩同好會的立場嗎？」

我用筷子前端夾著自己愛吃的炸雞塊反問，天道同學就面對面直直望著我的眼睛回答：

「沒錯。」我不禁愣得連炸雞塊都忘了吃。

暑假放完不久後的某天，午休時間的電玩社社辦。

我目前正在體驗「和女友單獨在密室享用便當」這種極盡現充之能事的活動……原本應該是這樣的。遺憾的是我這位女友似乎完全沒有打算跟我耍甜蜜，房間裡的氣氛根本就是在舉行午餐會議。

天道同學一邊將柔順的長長金髮撥到耳朵旁，一邊繼續說：

「雖然我在暑假時再次受你邀請時，忍不住就馬上答應參加電玩同好會了。」

「對、對啊，的確是那樣。當時連主動開口的我都有點嚇到了。」

由於天道同學之前曾經暫緩不決，老實說我本來是有稍難說服的心理準備，總覺得這樣不太夠勁。呃，雖然很令人感激就是了。

天道同學優雅地從自己的便當盒中夾起一粒白米，並且看都不看我就說：「當然了。」

「聽你表示『希望能時時在一起』，我天道花憐怎麼可能不樂得忘——」

話說到這裡，原本語氣平淡的她似乎猛然回神，讓白米掉到便當盒裡。

我歪頭看著天道同學那副模樣，她有些臉紅地咳嗽清了清嗓，又繼續說：

「因為身為長官的我要從旁監督，以免你對其他女性成員不規矩。」

「不規矩……天道同學，我在妳心裡是什麼形象啊？假如妳把我當成搭訕男還什麼的，那就太傷人了。」

「我並沒有那樣想，但我認為你是『會在無意識間攪亂女性心弦再瀟灑離去，如同災害一般的存在』。」

「感覺比搭訕男還惡質耶！我……我有那樣子嗎！」

「有。」

天道同學平淡陳述事實似的一邊點頭，一邊將飯送進口中咀嚼……這我無法接受。我什麼時候玩弄女性的心了？感覺主要都是我被玩弄耶。天道同學也好，千秋也好，還有亞玖璃同學也是……

天道同學用筷子進食一會兒以後，又對我開口：

「把話題帶回去。往後參加電玩同好會時，我，天道花憐該用什麼樣的態度才好呢？我就是想商量這件事，才會在今天把你找來這裡，萬萬不是因為我心血來潮想找藉口跟你一起吃便當。」

「喔，其實妳突然邀我單獨吃便當時，我也覺得應該有一點內情就是了。」

所以我絕對沒有因此自滿……當我抱著這種意思幫忙打圓場以後，天道同學卻立刻不滿似的噘起嘴唇。

「……我不能毫無理由就邀你吃便當嗎？」

「咦？沒有啦，不是那樣……不過以妳的為人，比較難想像當中會沒有任何理由……」

「你、你了解我什麼！未免太自滿了！」

「結果我還是被罵成自滿了！」

我到底該怎麼辦？像這種局面，就算本來就沒有活路也該有限度。

至今仍完全不曉得該如何對待女朋友的我手足無措，於是天道同學又咳了一聲把話題帶回去。

「總、總之呢，現在要談的是我在同好會的立場。雨野同學，你怎麼想？我是不是多少迎合電玩同好會的習氣比較好？」

「？比方？」

「簡單來說，就是我該不該配合休閒玩家的調調，而非以認真型玩家的身分發表見解。

人們常說要入境隨俗吧？」

很符合天道同學作風的正經議題。我「啊～」地咕噥了一會兒……然後對她講出符合自己作風，十分溫吞中庸的意見來回應。

「我想那部分只要臨機應變就行了。」

「哎呀，在這個圈子有說等於沒說的意見『臨機應變』出現了。」

「哪個圈子啊？雖然我懂妳的意思。」

以建議而言，「臨機應變」這個詞真的毫無營養。假如有能力做到這一點，根本沒人會苦惱。可是我只能給出這樣的建議亦屬事實。

「我想妳只要維持本色，坦然表示意見就可以……不過另一方面，比如大家聊到電玩的悠閒玩法聊得正熱烈時，我也希望妳不要特地大叫『我最討厭那樣子！』就是了。」

「雨野同學，你對我是怎麼想的呢？」

天道同學說得有些憤慨。我用苦笑予以回應。

「沒有，剛才那些話與其當成在講妳……還不如說是我認識一個會這麼做的電玩痴，所以才不得不事先奉勸。」

「？你是指誰呢？」

「妳的男朋友。」

「……………啊～～……」

天道同學似乎理解了。她恐怕是想起以前我在認真型玩家聚集的電玩社講出「啊，我並不想那樣玩電玩」那段發言時的場面了吧……唔唔。

「如同我舉的例子，人是聊到自己喜歡的事物就會把『看場合』等概念拋諸腦後的生物，所以我想妳或許要留意這一點……」

「感、感謝你基於親身之痛的建議。」

「不會不會……」

我們情侶倆簡單地向彼此低頭賠罪……有個能挖心掏肺的對象固然可貴，同時也會有更加難過的時候……沒錯。

天道同學默默地吃便當吃了一會兒，告一段落以後，她像是下了什麼決心似的嘀咕「好」並且看向我。

「我明白了。我會帶著我自己——天道花憐的本色面對同好會。當然，意思是我也不會參與得太過忘我。」

天道同學的那種決心……讓我非常高興，還不由自主地把身體向前傾。

「是的！我覺得這就對了！畢竟妳只要維持自我本色就已經是個魅力十足的人了！我最喜歡想法往往認真過頭的妳！說真的，我好尊敬妳，同時也覺得妳這樣的本色好可愛！所以我才想讓電玩同好會的伙伴見識——咦，天道同學？」

一回神，我發現天道同學耳朵紅通通地低著頭，正在微微顫抖……我剛這麼想，她原本優雅的用餐方式就一百八十度大轉變，像早上就先吃便當的運動社團男生捧起便當盒扒飯，還像栗鼠把臉頰塞得鼓鼓的，隨後又用紙盒裝的茶把嘴裡食物一口氣灌下去，緊接著……

「我、我享用完畢了！」

「咦？」

她完全不管男朋友飯才吃到一半，便急急忙忙地收拾便當盒並且從座位起身。

我跟不上急遽改變的狀況，只能目瞪口呆……天道同學卻淚汪汪地朝我用力瞪過來。

「你、你、你你你在這種密室對我說那種話，究、究究竟有什麼打算！」

「咦！沒、沒有啊，指定在這裡吃飯的本來就是妳……」

「對！就是那樣！而且會把你推倒的肯定也是我，沒錯！」

「妳說啥！」

這什麼情況？天道同學剛才對我說了什麼？我只曉得現在似乎不是安安穩穩地吃炸雞塊的時候了，可是理解速度完全趕不上。

天道同學摟住自己的身體，變得像在害怕什麼似的開始發抖。

「受不了，雨野同學，我實在服了你那巧妙的手段。跟你的智謀一比……連最近流行的戰記型輕小說的軍師男主角也會相形失色！」

「妳在講什麼啊！」

「講什麼……呵、呵呵，居然到這種時候還裝蒜，你真是個恐怖的人。」

天道同學似乎正感到戰慄……糟糕，我完全聽不懂。雖然我有聽見她所說的話，卻聽不懂意思。現在是怎樣？我受到稱許了嗎？還是被鄙視了？總、總之，天道同學好像在生氣，所以我應該……

「呃……對、對不起？」

我試著道歉了。然而……天道同學頓時又變得滿臉通紅！

「你承認了？雨野同學，你剛才承認了對不對！哇、哇哇……我明明是半開玩笑的……！沒想到你居然是厲害到這種地步的小惡魔男友……！不，這已經不叫小惡魔了！你是大惡魔！撒旦雨野！」

「我剛才是不是被取了本世紀最矬的綽號！」

「啊啊……太恐怖了……我的男朋友跟普通的禽獸男生不能相提並論……居然是個能讓女方主動變禽獸的大惡魔……！而且他在這種情況下還能保持那副純真的『無知少年』臉孔……！啊啊，太恐怖了！」

「…………」

……呃……怎麼說呢，我想變成一顆貝殼。我覺得現在不管怎麼做，事情都只會往負面的方向發展。為什麼我的溝通能力總是像這樣，在選項出現前就卡關了呢？

天道同學莫名其妙地發出「呼～～呼～～」的聲音，還像貓在威嚇似的豎起金髮瞪我。結果依然臉紅的她喊出了驚人之語。

「不過很遺憾！還要隔一陣子，我才會對你出手！」

「犯罪預告？」

這次換成我開始渾身發抖了……咦？怎麼回事？原來我在不知不覺中讓女朋友氣成這樣了？她沒有當場打我罵我，而是預告在將來才會對我「出手」，這種恨意不尋常吧？以我的恐懼為樂。她那套手法就是出於這樣的念頭！

我變得臉色慘白，天道同學就重整態勢說：「總、總之！」

「今天到此解散。謝謝你陪我討論。門鎖好以後請把那支鑰匙還到辦公室。那麼，讓我們在同好會再見吧。」

語氣莫名平淡的她說完以後，就捧著裝便當的包巾匆匆準備離開社辦。

我對這樣的天道同學愣了一會兒……然而當她走到走廊，一邊行禮一邊就要把門關上的那個瞬間，我急忙擠出自己在最後無論如何都想告訴她的話。

「啊，天道同學！雖然發生了不少狀況，能和妳一起用午餐，我覺得很高興！那個……我在高中一直都是孤單地吃便當，所以今天這頓飯實在特別好吃！呃，真的謝謝妳！」

天道同學聽了我說的話，一瞬間又臉紅，但她很快就恢復冷靜。

相對地，這次她溫柔得令人心醉……還帶著某種妖豔的氣息對我微笑。

「呵呵，我才要感謝你的款待…………我最喜歡你了，雨野同學。」

天道同學說完就立刻關上門，「噠噠噠噠」地碎步離去。

被獨自留在社辦的我一邊聽著那聲音，一邊喃喃自語：

「對不起，天道同學。雖然我剛才差點對妳說，我想讓其他愛好電玩的同伴也認識妳原本本的魅力……」

這時候，我想起她離去前的誘人嘴脣。

我忍不住用手捂著眼睛咕噥：

「……那些話，似乎還是有一點虛假。」

……簡直像害怕有人跟自己搶似的，我把便當裡的炸雞塊陸續塞進口中。

緊接著，我為了排解心裡的某種情緒，使勁地扒起白米飯。

✖中場休息　電玩咖與付費漫談

「說實在的，電玩軟體這種東西的價格會不會太貴了一點？」

亞玖璃同學今天同樣用駝背的姿勢一面玩手機，一面慵懶地提出了對電玩的疑問。

我們幾個電玩同好會的成員頓時打住原本聊得興高采烈的話題——我在網購網站失手點到出了名的爛遊戲《上古狩獵》，結果還無法退貨的丟臉笑柄，並且不由自主地面面相覷。

暑意尚濃的初秋放學後。二年Ｆ班的教室裡，今天同樣有五名男女圍著一張桌子。

教室染上夕色，走廊微微傳來管樂社練習的聲音。

當同好會在如此靜謐的環境下舉行活動時，依舊對電玩業界生疏的亞玖璃提出了疑問，率先回答的則是與她交往中的現充男生，上原祐同學。

上原同學一邊搔頭一邊充當我們落單族群與現充族群之間的橋樑，講出符合他作風的中庸意見。

「只看六千多圓的價格或許嫌貴啦，不過市面上比那還要貴的Ｔ恤也多得是嘛……」

「不不不，錢花在時尚沒關係，因為那是生活必需品。可是電玩派不上任何用場，卻開價六千圓，這樣不是很奇怪嗎？」

「不不不不！」

原本默默聽著的我們幾個……其他三個「電玩愛好者」頓時大聲回應了。

在此先做個說明，經過東拉西扯，目前這個同好會的成員有五名。

首先是剛才對話的上原同學跟亞玖璃同學這一對。

然後是我，性情彆扭的落單路人角，雨野景太。

還有我的死對頭，海帶頭宅女星之守千秋。

接著則是立於學校頂點兼認真型玩家的完美女性——天道花憐。順帶一提，由於各種因素，其實她目前跟我正在交往（詳情暫且省略）。在這層關係下，她就自然而然地同時寄身於電玩社和電玩同好會了。

好了，帶回原本的話題，在這些成員中，我、千秋、天道同學是打從心裡喜歡電玩……

儘管立場各有些許不同，要稱作電玩玩家並不為過。

而我們三個聽到「電玩派不上用場」這種論調，當然不可能默不作聲。

當亞玖璃同學稍微被我們的氣勢嚇到時，天道同學就發難反駁了。

「基本上，用『有用／沒用』來評論電玩是很荒謬的事。要不然，在約會時看電影、興起打保齡球、細細地賞玩心愛的雨野同學這些行為，妳都會斷定為『派不上用場』或『無

益』嗎？」

「呃，先不管後半真的有一個該被唾棄的無用片段……可是，實際上看電影或打保齡球都很好玩，不是嗎？」

「電、電玩也一樣好玩啊！」

天道同學難得歇斯底里地豎起金髮並且尖聲反駁。我對激動過度的她加以安撫。話雖如此，基本上對天道同學全面贊成的我就接手繼續跟亞玖璃同學對峙了。

「先不談亞玖璃同學的喜好，電玩跟電影或保齡球也是一樣的喔。說穿了就是娛樂。因此，重點並不在有沒有用，另外就是我也有希望能細細賞玩天道同學好幾個小時的念頭。」

「你們兩個對彼此用禁術伊邪那美直到永遠好了。不管那個了，電影跟電玩的差別是故事在兩小時左右就可以結束，何況打保齡球也有運動的效果吧？至於電玩……該怎麼說呢？不就只是將人生消耗在聲光效果上面嗎？」

「什麼叫消耗啊！什麼意思！」

雖然確實是如此啦！要說的話就是那樣沒錯！不過為什麼我會這麼焦躁！因為對方的大道理剛好戳中痛處，才格外令人火大嗎！

於是乎，當我的情緒也徹底沸騰時，海帶女千秋似乎看不下去，就用手制止我跟天道同學，並且自己站上第一線。

亞玖璃同學和千秋這兩個在戀愛及性格上都有些不對盤的人開始用目光互鬥。以形象來說，好比龍與虎……或者更容易聯想成倉鼠對花栗鼠。規模相當小又頗為欠缺現實感的女性之爭。

千秋朝捲捲的劉海伸指一彈。

「我認為用心享受電玩樂趣的時光對我們這種生活需要滋潤的現代人來說，絕對不會是『無益的時間』。」

「千秋！」「星之守同學！」

我和天道同學同樣身為電玩愛好者，都深受千秋說的話感動。儘管千秋「哼哼」地用得意臉色回應我們……然而，亞玖璃同學的尖銳反擊立刻就來了。

「……可是在人家的印象中，玩電玩的過程並不是一直都讓人感到開心耶……」

「唔！」

「畢竟妳想嘛，像練功不就很麻煩嗎？」

「那、那個那個，包含練功在內，電玩就是可以讓人玩得開心……！」

「真的嗎？之前雨雨教過人家，玩電玩會有『玩到睡著下線』的狀況，假如真的所有練功過程都能讓人玩得開心，應該不會發生那種事吧？」

「（她亂敏銳的！）」

或許是因為亞玖璃同學這個人真的對電玩毫無興趣，有時候她的意見都會直指核心。

千秋額頭冒汗，還把目光稍微轉開。但是，亞玖璃同學又進一步展開無邪的追擊。

「呃，與其在平淡的練功過程中玩到睡著，還不如把那些時間用來看幾部電影或劇集，對人家來說感覺更有益處就是了……」

「唔……！可、可是可是，電玩界也有所謂『一心二用』這種邊做其他事情邊練功的技巧……」

「咦，有那種技巧啊？原來如此，沒想到電玩玩家頭腦這麼好。」

「呵……呵呵，妳這樣誇獎我會不好意——」

「不過，那不就等於你們承認練功本身是非常無趣的行為嗎？」

「唔！」

被戳中痛處的三個人都臉孔緊繃。順帶一提，上原同學本來就沒有信奉「電玩至上主義」，因此他只是溫吞地抱著「好像也是耶」的調調在觀望議題後續發展。

亞玖璃同學似乎用手機簡單地查了大型網購網站的頁面，一邊從電玩軟體銷售排行榜確認軟體價格，一邊告訴我們：

「嗯嗯，果然新作價格大約都在六千圓左右……唔，這什麼遊戲啊，價格超過一萬圓了嘛！初回限定版？呃，內附設定資料手冊及遊戲內可用的ＤＬＣ版本？……祐，ＤＬＣ是什麼？之前好像稍微聽你提過，可是人家忘記了。」

亞玖璃同學問了身為她男友的上原同學。當我們三個都猛流冷汗時，上原同學探頭看了她的手機，並且老實回答剛才的問題。

「啊，那是付費下載內容的簡稱。簡單說，就是可以透過網路取得新增的遊戲資料。從這個例子來看……呃，似乎可以買到角色的服裝……」

「咦？換句話說，要拿現實中的錢買遊戲角色的衣服？真的假的？」

「（唔……！）」

亞玖璃同學對我們三個電玩玩家投以輕蔑似的目光。天道同學和千秋承受到那種目光，連忙試著找藉口。

「我、我對那種ＤＬＣ完、完全沒興趣。」

「我、我也是！我才不買只能換衣服的ＤＬＣ！」

「聽妳們兩個的口氣，似乎換成其他要素就會買耶……」

「「唔！」」

兩人臉色蒼白地低下頭。當「遊戲價格」這個論點變得對我們越來越不利時……身處男性陣營的我和上原同學兩個人則是把臉轉到旁邊，並且低聲咕噥：

「「…………一般都會買泳裝之類的啦……」」

「啥？」

「「沒事。」」

我和上原同學承受三位女性鄙視般的目光，都將背脊挺直……嗯，或許我們不該在彼此的女朋友面前提這些。至於千秋則是本來就對萌系要素大為反感的那種玩家。這種環境實在太缺乏泳裝ＤＬＣ的生存空間了。

我和上原同學轉頭吹口哨以後，亞玖璃同學就發出嘆息。

「……在你們剛才的論點中，有提到拿遊戲跟Ｔ恤比較很奇怪。可是，既然有錢買遊戲角色的衣服，更應該替自己治裝才對吧……」

「…………」

這次連上原同學在內，現場的電玩同好會成員都開始冒冷汗了。

……糟糕！好難反駁！即使用「娛樂本無價！」的論調也難以辯駁！即使如此，我還是設法擠出詞了！

「遊、遊戲角色某方面來說等於自己的分身！我覺得為它們的時尚花錢，可以說和在現實中買衣服是一樣的行為！」

「會嗎？人家還是覺得花錢在沒有實用性的東西上，未免……」

「實、實用性姑且有喔！呃……要、要不然我問妳喔！假如上原同學買了戒指給妳，妳會有什麼感覺？」

「咦，怎麼突然問這個？那、那還用說，人家當然會覺得高興啊！」

亞玖璃同學聽了我的問題就一臉興奮地湊向前回答。我連連點頭，然後繼續問：

「那麼，拿到戒指以後，妳會裝備上去嗎？還是不會？」

「咦？裝……裝備？意思是戴上去嗎？要說的話，人家是會裝備啦……」

「以結果而言，妳對上原同學的愛也會加深嗎？」

「是、是沒錯啦。畢竟收到禮物滿高興的……」

「好的，在這個時間點，妳就已經接受了ＤＬＣ的概念。」

「哦，這樣啊這樣啊…………等等，不對不對，絕對有差別吧！」

亞玖璃同學用力站起來反駁。但我也一樣站起來試著跟她辯！

「哪有差別！在手遊付費就是這樣的！換句話說，上原同學這次就是用了現實生活的錢，買了讓亞玖璃同學這個美少女角色提升好感度的道具，意思是一樣的！」

「欸，雨野！注意用詞！我超介意你那種用詞！」

上原同學從旁插嘴了，不過暫且無視吧。現在的問題是亞玖璃同學。

她似乎自己研討了一陣子，然後嘀嘀咕咕地說……

「……原來如此…………反過來講，假如祐陰錯陽差地變成了遊戲中的數據，或許人家

也會送他一大堆付費道具呢……」

「喂，等一下，妳的前提不太對勁。話說要發生什麼樣的『陰錯陽差』才會讓我變成遊戲中的數據啊？」

上原同學正在打亂話題，但是不管他了。我又繼續說：

「對吧，亞玖璃同學。我再問妳，假如透過遊戲中的服裝……用換裝系統，就能讓莫名其妙變成電子數據的上原同學害羞或臉紅，妳會怎麼做？」

「雨雨，請給我付費下載的裝備！要、要付多少錢？一萬圓夠嗎？」

「喂，等一下，你們想的前提真的有病耶！還有亞玖璃！」

上原同學說到這裡就咳了一聲，然後臉紅地微微轉開目光，告訴身為女朋友的亞玖璃同學：

「不用費那種工夫……我、我本來就對妳……」

「祐……」

兩人間流露出甜甜蜜蜜的氣氛。當天道同學和千秋似乎都把眼睛瞇得跟佛像一樣觀望時，我趁機嘀咕了一句：

「──現在只要三百圓，就能玩一次可以抽到剛才那種肉麻劇情的轉蛋。」

「雨雨，人家要轉一百次！」

「謝謝惠顧。」

「停！不要用我來拐我的女朋友！喂，亞玖璃，妳也差不多該清……」

然而，在如此警告的上原同學旁邊，亞玖璃同學已經迷得眼睛咕嚕咕嚕轉地準備從自己的包包掏出錢包了。

「呵呵呵……三、三萬圓就能讓祐對人家濃情蜜語，算便宜的呢……呵呵……」

「嚇到我了啦！我反而被妳嚇到了啦！喂……亞、亞玖璃！清醒點！要、要享受我的樂趣，當無付費玩家就夠了！因為我是真的對妳……」

「祐……」

亞玖璃同學的眼睛開始恢復神智了，我抓準機會從旁邊嘀咕：

「——最近的遊戲業界就是用這種方式招玩家入坑。」

「原來如此，雨雨，人家學到了。」

「哪裡哪裡，別客氣。」

當我順利替電玩做了講解而感到志得意滿時，亞玖璃同學就連連點頭，然後做出結論。

「嗯，經過剛才那些討論，人家完全明白了……電玩真的好爛喔！」

「哎呀，糟糕！」

「要笨啊！」

上原同學、千秋甚至於天道同學都一起吐槽我。唔……回神以後，我才發現自己講得太起勁，連「引誘玩家付費的恐怖之處」都談到了！落單型御宅族擁有的特殊技能「一開口就沒完沒了」不小心發威了！

亞玖璃同學理解付費的概念以後，打從心裡沒好氣地說出她對電玩的失望。

「呃，所以是怎樣，表示最近的遊戲本來就已經夠貴了，先要玩家付出高達六千圓的費用，然後還不肯讓人享受完整的樂趣嗎？」

「唔……！」

「啊，剛好有遊戲在評論區吵相關話題。嗯嗯……『線上對戰時的付費玩家太占優勢』、『典型的用錢買強度的遊戲』、『單機遊戲的劇情根本沒有完結。後續內容要等DLC，不過現階段強烈覺得被推銷的是非完整品』。什麼嘛，這些玩家也跟人家抱有相同疑問不是嗎？對於遊戲的價格。」

「…………」

我、天道同學，還有千秋都只能冒著冷汗低下頭。結果上原同學似乎不忍心看我們這樣，就幫我們安撫自己的女朋友。

「哎，電、電玩界也不是每款作品都這樣啦……」

「可是，這款軟體看起來好像是知名系列作嘛。連知名作品都這樣了，電玩業界差不多走到盡頭了吧？雖然人家不是很清楚。」

這位辣妹為什麼講話都這麼尖銳啊？她是電玩玩家的天敵還什麼的嗎？

上原同學似乎也認為這樣下去對擁護電玩派不利，就笑著稍微轉移話題。

「Ｄ、ＤＬＣ本身並不是壞東西啊。妳想嘛，假如原本超愛的漫畫作品完結了，隔一陣子又推出外傳漫畫也會很開心吧？」

「是、是啦，那樣的話人家是可以理解……」

「而且也會想看喜歡的角色穿泳裝吧？」

「抱歉，那個人家完全不能理解。」

這裡有個順口想爭取對泳裝的認同卻失敗了的男人……上原同學！

「……總、總之，有玩家想要的ＤＬＣ在市面上出現，那就無妨啦。」

「唔嗯～～……是這樣嗎？要不然，出什麼樣的ＤＬＣ會讓人感到高興？」

「咦？我說過啦，像泳裝——」

「麻煩請祐以外的玩家來回答。」

「…………」

當上原同學正在消沉時，我們三個受到亞玖璃同學的質疑而面面相覷。

經過片刻的思考，我們決定各自講出本身的需求。

首先是天道同學。她一如往常自信滿滿地起身並挺起胸膛說了：

「那還用說，身為電玩玩家，只會希望新增難度更高的模式吧！」

「……高難度……意思就是讓遊戲變得更難玩對不對？呃，對不起，人家完全不明白那有什麼意義……」

亞玖璃同學看似真的無法理解地詢問。然而，身為認真型玩家的天道同學生龍活虎地告訴她：

「任何領域都有克服高門檻之後的爽快感，難道不是嗎！」

「對、對喔，這倒不是無法理解……」

「還有，被難度毫不講理的遊戲折磨時，反而會在玩的過程中就覺得痛快不是嗎？」

「抱歉，天道同學，不好意思在妳一副平靜地把話講得像全人類的共通認知時打斷，可是人家完全不懂妳在講什麼耶。」

「呃，我說的是被折磨會有快感啊。」

「奇怪，人家以為自己在談的是電玩，怎麼不知不覺就聽見別人暴露變態的癖好了？」

「沒禮貌。不只是我，全世界的電玩玩家都這樣喔。對不對？」

天道同學回頭。我和千秋…………都迅速轉開目光。

「…………天、天道同學？感覺這裡似乎沒有人理解妳的看法耶……」

「咳……咳咳！總、總之，我就是希望能逐漸提高負荷！」

「…………所以妳是被虐狂嘍？」

「並沒有！我，天道花憐，只是會對痛苦的狀況感到興奮而已！」

「假如那不叫被虐狂，那人家就不懂什麼是被虐狂了。」

「至少聚集了認真型玩家的『電玩社』眾成員應該都會懂！」

「人家現在對『電玩社』的印象定型成『被虐俱樂部』了耶。腦海的景象中有一群變態眼睛發亮地看著毫無道理的GAME OVER畫面。」

「………………哎，妳、妳那樣想，或許未必有錯……」

「真的喔？所、所以說，電玩玩家這種人全都是具備被虐性癖的變態嘍？」

「是啊，某方面來說正是如──」「「並沒有。」」

為了蓋過天道同學的回答，我和千秋都冷靜而淡然地出聲否定。呃，我並不是完全無法理解天道同學所說的看法，但那樣有那樣的偏頗。

天道同學有所不滿地回頭看向我和千秋，然後退讓：「總之我想表達的已經講完了。」上原同學努了努下巴催我們繼續辯護，我和千秋看了彼此的臉……結果，千秋決定先談她對DLC的需求。

天道同學坐回位子上，千秋則輕輕地清了清嗓並起立，怯生生地開始向亞玖璃同學講述

想法。

「那、那個那個，我個人還是覺得能看到ＲＰＧ正篇結束後的後續劇情實在很棒……」

「沒錯沒錯，那樣人家也可以理解——」

「假如有正篇裡原本屬於人類的男女主角忽然變成魚類，造成大恐慌的後傳，那就太棒了！」

「嗯，抱歉，那是什麼噁心透頂的劇情啊？」

「會嗎？啊，假如讓妳有誤解，我先說聲抱歉。在我假設的情況裡，正篇是屬於中規中矩的正統奇幻ＲＰＧ。」

「嗯，抱歉，人家對那個部分沒有任何誤解。反而是正篇原本就是用動物當角色的故事還比較能理解有那樣的點子喔！」

「啊哈哈，妳在說什麼嘛。就是因為正篇規規矩矩用人類的造型，日後談變成魚類才會格外有意思不是嗎？」

「人家覺得自己剛才在人生中第一次接觸到人類的『瘋狂』了！」

「沒禮貌。只要是自認玩家的人都會希望在正篇後玩到變成魚類的劇情啦。對不對？」

千秋帶著笑容回頭這麼問，而我跟天道同學的反應是——

「（猛搖頭！）」

——別說點頭，我們都使勁地搖頭予以否定……千秋這傢伙卻當成完全沒看見，又轉回去面對亞玖璃同學。

「……呃，因人而異吧，或許有人比較喜歡貝類而不是魚類。」

「不，問題並不在於那種程度的小改動吧！妳背後的那兩位玩家並沒有半點共鳴吧！」

「可、可是可是，ＤＬＣ提供的就是外傳或附屬性質的劇情啊，那我當然會期待有正篇做不到的無厘頭發揮嘛！」

「要、要這樣說的話，妳的想法倒不是無法理解……」

「對吧？假如自己喜歡的漫畫推出魚類版本，妳也會想看對不對？」

「抱歉，人家完全無法理解這一點！」

「假如有以火星為舞台，然後運用進化的蟑螂以及魚類能力來戰鬥的漫畫《火星魚種》，妳不會想看嗎？」

「哎呀，人家忍不住有點想看！」

「雖然我方人馬基本上都是不待在水中就無法活的體質啦。」

「火星魚種在火星未免太致命了吧！」

「總之！電玩界的ＤＬＣ就應該無厘頭，乾脆跟正篇完全沾不上邊！這樣一來，反而沒有人會抱怨才對！」

「感、感覺好像有一番道理就是了……！可是……！」

千秋不管陷入混亂的亞玖璃同學，話講完就滿意似的吐了氣坐回位子。

在狀況開始變得一團亂的局面下……被上原同學催促的我，雨野景太，不得不跟著表述自己對ＤＬＣ的需求。

我緩緩起身，和亞玖璃同學面對彼此。

「呃……我個人也希望ＤＬＣ有日後談之類……普通的那種。」

我瞄了千秋一眼才講出意見。只有千秋生悶氣，其他成員的反應都是：「對嘛～」

我又繼續說下去：

「另外，關於遊戲模式方面，其實我不排斥弄個讓玩家能輕鬆過關的『最強模式』。」

「雨雨，你的觀念依舊跟天道同學完全相反耶。」

亞玖璃同學壞心地笑了，不過我跟天道同學的差異也不是現在才出現的。事到如今，天道同學不至於因為意見不同就壞了心情。

「唉，話雖如此，與其用付費的形式來提供那些模式，老實說我更希望只要達成遊戲中的條件就可以玩到。」

「哼哼。人家也認同你對ＤＬＣ的要求喔……雖然太合情合理也沒有意思就是了。」

「妳是不是多了一句！」

「該怎麼說呢，雨雨，你的個性基本上並不適合在回答時耍寶。」
「因為我並沒有立志培養適合在回答時耍寶的個性！」
「話是這麼說啦，要你當吐槽型角色又缺了副眼鏡。」
「我可是第一次聽到不戴眼鏡就不能當吐槽型角色的說法！」
「不得已嘍，雨雨……當綽號也好，以後要不要讓大家叫你『眼鏡』？」
「我身上完全沒有眼鏡的要素耶！」
「欸，眼鏡，去買個茶回來啦。」
「為什麼綽號一變成眼鏡，連待遇都跟著降低了！」
「……因為眼鏡的關係？」
「給我向全國的眼鏡道歉！」
「嗯，連這些因素在內，人家覺得你裝備眼鏡會不錯耶。三十圓以內的話，人家願意買那個DLC。」
「便宜得很微妙這點令人不爽。」
「好了，雨雨，話說你想到要怎麼在回答時耍寶了嗎？」
「原來剛才扯那些是為了讓我有時間思考要怎麼用DLC耍寶嗎？」
我愕然無語，亞玖璃同學則是滿臉賊笑。某方面來說跟往常一樣，這種鬥嘴算是我們從家庭餐廳聚會衍生出來的互動形式。我和她平時就是這個樣子。

然而，會這麼想的似乎只有我跟亞玖璃同學。一回神，我們才發現其他成員……

「「啊。」」

……雙方的交往對象，也就是上原同學和天道同學自然顯得不高興了。然而不知道為什麼，連千秋都一副不是滋味的樣子。

我和亞玖璃同學清了清嗓，連忙將話題帶回去。

「呃，剛、剛才在講我想要的ＤＬＣ吧。」

「對、對呀。雨、雨雨，即使要出日後談，具體來說，你希望有什麼樣的內容？」

「這、這個嘛……至少變成魚類的情節就免了……」

說是這麼說，我總覺得自己好像在哪裡看過作風類似的點子……唉，但現在不必管那個，把話題轉回自己想要的ＤＬＣ吧。

「……唔～～……比方說，男女主角過著幸福生活的景象……？」

交抱雙臂的我歪頭這麼一說，上原同學就忍俊不禁似的吐槽：

「喂喂喂，那樣就毫無遊戲性了吧。」

「啊，對喔。不過，在正篇劇情已經迎接了大團圓結局，假如因為我還想玩就發生了奇奇怪怪的事件，登場人物也太可憐了……」

千秋對我的發言感到傻眼，天道同學則嘻嘻笑了。

「景太，你這樣到底算哪種觀點啊……」

「呵呵，無論在什麼方面，雨野同學的性情還是一樣既溫吞又善良。」

「……唔唔。」

的確，這樣說來，我究竟想怎麼樣？連我都覺得自己的主意不上不下，令人傻眼。

在我們東一句西一句的時候，亞玖璃同學替話題做了總結。

「哎，關於用額外付費的形式來提供顧客想要的東西，人家算是理解有這樣的消費形式了。基本上ＤＬＣ這種東西，以飲食來說就是加點配菜，或者類似點心的定位吧？」

「啊，是的，就是這樣。妳的比喻不錯。」

「然後，評論區會有玩家在吵，則是因為端上桌的主菜本身鹹味就不夠，還被要求：『啊，加一把鹽要〇圓喔。』情況大概是這樣吧？即使同樣要額外加錢，感覺那實在不太能讓人接受，對嗎？」

「……噢噢……」

辣妹高中生對電玩業界的理解頗為確切，讓玩家們有些鼓譟。亞玖璃同學稍微嚇到了，但她還是繼續做總結。

「哎，這是人家聽了許多意見後的結論啦……到頭來，電玩遊戲的定價還是嫌貴吧？」

「…………」

「人家也明白每項娛樂各有各的價值觀。不過就算這樣，付好幾千圓從事這種花四十幾個小時讓數值上上下下，頂多附一點故事情節給你的作業，人家實在不懂有什麼道理。假如要追求感動，看電影、看書、看電視就夠了；要追求成就感，在現實生活中打工賺錢不是比較好嗎？」

「…………」

「啊，抱、抱歉，我並沒有批評電玩的意思就是了……」

亞玖璃同學看我們幾個沉默下來，急忙開口打圓場。不過，我笑著回應她：

「啊～沒有，我們並不是心情不好。倒不如說……長時間玩遊戲的人聽了妳的意見，大概都會覺得『某方面而言正是如此』吧。」

「嗯？是、是喔？呃……那、那麼，電玩玩家果真和天道同學一樣都屬於被虐狂嗎？」

「並沒有那種事。只有天道同學特別極端就是了。」

「雨野同學、雨野同學，你那樣打圓場怪怪的！身為男友還做出認同女友是被虐狂的發言，感覺真的不是鬧著玩的！」

天道同學滿臉通紅地提出抗議，不過那並非目前討論的重點，因此我帶著笑容忽視她，又繼續說：

「怎麼說好呢……我覺得在娛樂當中，電玩是特別容許『徒勞』作樂的一個類別。」

「……雨雨，你會樂於花錢買『徒勞』啊？」

「要說的話，確實是這樣……」

我想了一會兒，然後回答亞玖璃同學。

「……這個嘛，比方說吧，我家有一款爸媽在我讀小學時買給我的ＲＰＧ軟體。哎，結果那其實是大廠ＲＰＧ的山寨貨，根本沒有調整過平衡，以遊戲來說還真是爛得徹底。而且後來我查了以後才發現價格比正牌貨更貴。」

「唔哇，好浪費！」

「就是啊。我爸媽不小心買錯遊戲，我本身也很沮喪……不過你們想嘛，我就是這種個性，所以也不敢對爸媽說『這不是我要的』……」

「雨雨，感覺你這段故事亂辛酸的。人家不想聽耶～～」

「不、不過，畢竟是家裡好不容易買來的軟體，所以我還是玩了，跟弟弟一起。哎……猛一看，所有人都聽得滿鬱悶。為了打破這樣的局面，我又急著說下去。

雖然那真的很糟。即使如此，我又沒有其他娛樂……」

「雨雨，大姊姊現在就買遊戲送你！」

「我並不是想博取同情啦！呃，我繼續說嘍？關於那款遊戲……我和我弟弟一直玩，多少就從中找出了樂趣。不過記錄系統和事件觸發的條件好像都設計得七零八落，網路上又沒有任何攻略文，所以我們曾經重玩好幾次，也反覆對它感到厭倦……結果抱怨歸抱怨，還是開開心心地玩了長達三年的時間。還有還有，偶然突破卡關一整年的地方時，我跟我弟弟都樂歪了。」

亞玖璃同學對我所說的回以曖昧笑容。

「你說的……確實是一段溫馨的故事，不過就算這樣，人家心裡對電玩的評價還是不會提高耶。畢竟就算那不是電玩遊戲，換成書本或電影，故事還是能成立嘛。表示你們兄弟是一對願意從任何事物中找出樂趣的好兄弟啊。」

「唔嗯～～……妳要這麼說的話，我是不敢當啦……不過我想到底是因為那東西屬於『電玩』，我們兄弟才會這樣。」

「……什麼意思？」

亞玖璃不解地偏頭。我則接著講述關於「電玩」的看法。

「因為電玩於好於壞都有接受『使用者』介入的餘地。正因如此，在這樣的關係中，應該也有讓價值大打折扣的要素存在。但是另一方面……」

我一邊說一邊忍不住感到害羞。

「我也覺得它是相當具有彈性，想怎麼投注感情都可以的媒體。」

「…………」

亞玟璃同學默默地聆聽，至於喜歡電玩的眾同好則似乎各有頭緒，都用溫柔的表情接納了我的意見……令人感激。

「所以說……相較於其他娛樂，目前電玩軟體的價格是高或低，我沒辦法對此一概下結論。就算買了以後才發現是無藥可救的爛作品，也會有讓人感覺『那又如何』的時候。」

「哎，那也可以套在任何方面啊。」

「是啊。不過正因為這樣……我們這些電玩愛好者能做的……就是用各自的方式盡可能從作品中找出樂趣罷了。從這樣的角度而言，狠狠地寫下批評然後跟贊同者鬧哄哄地一起抱怨找樂子，也可以算是一種娛樂的方式吧。以結果來說，也有許多作品是用這樣的形式留下了無可取代的回憶。」

千秋笑著對我說的話做了補充。

「啊，網路上有舉辦票選當年第一爛遊戲的排行榜活動，或許主要就是因為有你所說的那個面向在。」

我一邊對她點頭，一邊笑著繼續說：

「至少現在對我和我弟來說，那款爛遊戲實在不是用區區幾千圓就能計價的貨色了。」

「…………」

「呃，所以嘍……關於電玩遊戲的價格，妳是否能接受了呢？」

我戰戰兢兢地問亞玖璃同學。儘管她沉思了一會兒……最後還是帶著苦笑對我點頭。

「了解。既然這樣，人家就不會胡亂批評電玩軟體賣得貴了。」

「謝謝妳。」

天道同學、千秋、上原同學對我們的互動露出微笑……電玩同好會瀰漫著十分祥和溫馨的氣氛。

和大家和樂融融地聊電玩，最後達成相互理解……這麼幸福的事，其他地方找得到嗎？

……這種時光對前陣子還是落單族的我而言，除了幸福以外再無可說的了。

儘管我深深地被這種情況打動……另一方面，我忽然想到「只有趁現在」便站了起來，試著放膽向大家提出自己事先想好的主意。

「所以嘍，各位同好，我們做出了所有遊戲都有可能找出樂趣的結論。接下來，要不要跟我一起玩這款可以五人同遊，惡名昭彰的動作型爛遊戲《上古狩獵》——」

「好啦，大家辛苦了～～」

同好會眾人頓時一塊起立，開始準備回家。

趁我遲疑的時候，連姑且算我女朋友的天道同學都二話不說就離開教室了。

「…………」

我被獨自留在教室，望著窗外的夕陽……然後自言自語地嘀咕：

「……我就知道～」

話說得再好聽，爛遊戲還是爛遊戲，買錯就是買錯，還有更重要的是……

「…………………………唉，我好想退貨……！」

結果浪費就是浪費，我在今天深深體會到了這一點。

✖電玩咖與下一關

雨野景太

「明天，我，雨野景太……打算挑戰一生一次的壯舉。」

「咦？」

九月第一週的週三，放學後的二年F班教室內。電玩同好會今天同樣舉行了活動，而我在結束之際用認真眼神講出來的話讓上原同學、天道同學、千秋都睜大眼睛了。

順帶一提，亞玖璃同學今天缺席。她好像約好今天放學後要跟久久沒見的國中朋友碰面。老實說，我一瞬間曾覺得：「為了和朋友玩就缺席不參加同好會，妳這是什麼行為！」不過仔細一想，這個同好會本身就類似在玩，視久久沒見面的朋友為優先是當然的。

因此，既然成員有缺，今天的同好會活動決定早早收尾……但我在最後有個無論如何都想轉達給大家的「決心」，才會像這樣特地撥出時間跟他們說。

上原同學吞了口水問我：

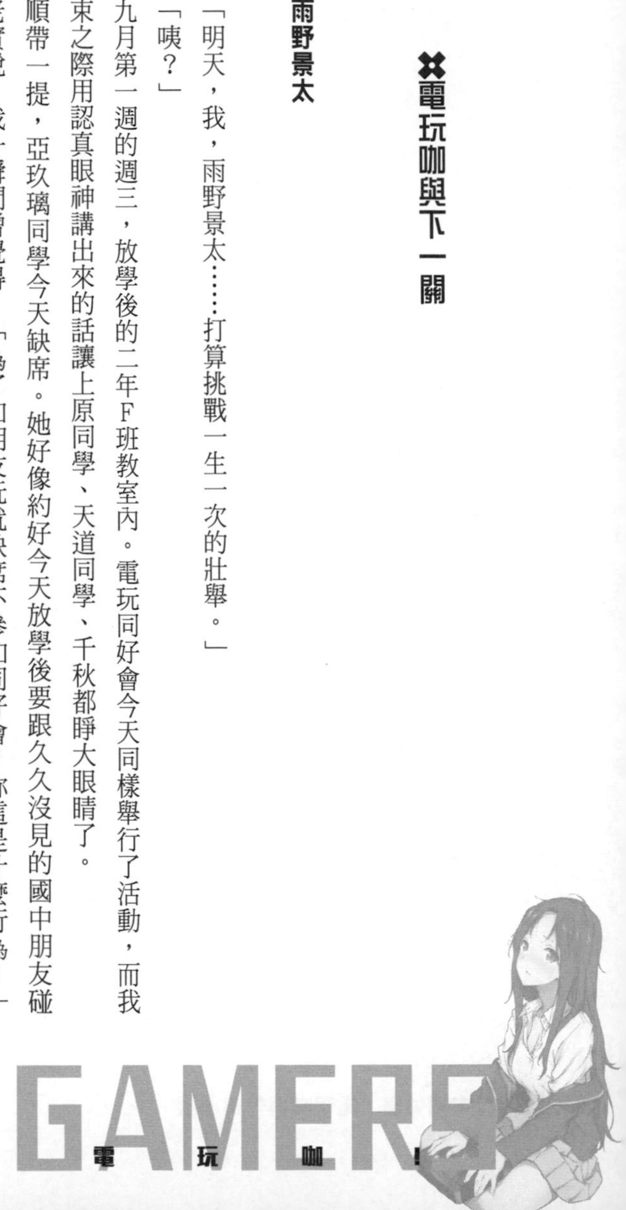

「呃，雨野？難道你現在……打算談非常重要的事情嗎？」
「是的……沒有錯。唯有這件事，我非得先說清楚不可。」
「這、這樣啊…………糟糕，在我遲疑下一步該怎麼走的時候，這傢伙總不會要有大動作了吧……」
上原同學在喃喃自語。我拚了命地細聽，並且點頭回答：「嗯。」
「你猜對了，上原同學。明天……我會有大膽的舉動！」
「先不管你的耳朵聽起自言自語依然特別尖這一點……真的假的，雨野？」
「是的，我相當認真。」
我懷著堅定的信念對上原同學點頭回應。他聽得眼睛發直……而天道同學似乎從我們的互動看出了什麼端倪，就不知為何看似慌張地開口：
「雨野同學，該、該不會是你之前用手機跟我商量的那件事吧……？」
「？商量？」
我最近找天道同學商量過什麼嗎……其實從開始交往以後，我每天都有多多少少找她講話，因此不太清楚她指的是什麼。
在我歪頭以後，這下子連千秋都不知為何一臉焦急地發問了。
「難、難難難道說，景太，你對〈ＮＯＢＥ〉察覺到什麼了嗎……？」

「？〈ＮＯＢＥ〉？啊，該不會〈ＮＯＢＥ〉也有那個意思吧？」

「！啊、啊哇哇，你怎麼會發表『彼此都有那個意思』的宣言！怎、怎麼這樣，慢著，請等一下，假、假如你明天打算跟心春做什麼，我、我可不會默不作聲喔！」

「咦，千秋也要參戰嗎？呃～傷腦筋了耶……」

「！傷、傷腦筋是什麼意思！你說清楚！景、景太……我一樣……一樣想跟你……！」

千秋不知道在激動什麼；天道同學顯得不安；上原同學難得露出驚慌樣。

我緩緩看了這樣的三人一圈。

然後……終於將自己面對「明天」這個大日子的堅定決心……揭露出來了！

「沒錯！我明天……打算用全力衝去買《太空遊俠５》！」

「你在講什麼啦！」

他們三個同時生氣似的用力站起來吼我。

而我愣愣地回答：

「講什麼……我在講電玩遊戲啊？」

「居然是講電玩遊戲！」

「咦，你們怎麼這樣吐槽？在電玩同好會談電玩有什麼不對嗎！」

三人太不講理的回應讓我感到動搖。他們看了彼此的臉……大大地發出嘆息，然後看似無力地坐下了。

「雨野同學，有時候我會懷疑你是不是故意的。」

「啊，沒錯沒錯，天道同學，我也能體會。景太的為人真的讓我很困擾。」

「實際上沒有惡意這一點反而更惡劣，根本就是災害嘛，像他這樣。」

我被罵得好慘。我……我是做了些什麼，你們說啊！

「電、電玩同好會怎麼了啊！想衝著我來嗎？好，那就來啊。所有人跟我到外面！準備以血洗血吧……用『碰將』來決勝負！」

「你還是一樣，感覺亂溫吞的！」

他們似乎都欲振乏力了……怎樣啦？你們最好不要小看碰將喔，那很好玩的。到現在有親戚帶小朋友團聚時，碰將一樣超管用的耶。

……算了，現在不是談論碰將有多棒的時候。

我看大家情緒都平靜下來了，就開始說明。

「呃，明天是我人生中最愛的遊戲《太空遊俠》系列最新作的發售日，所以我想說在放學後一下課就用全力跑去買……」

「？咦？請等一下。」

「怎樣，千秋？」

「《太空遊俠5》確實是明天發售，話說我自己也打算買……不過，為什麼要用全力跑呢？景太，你沒預約嗎？」

「這個嘛，你們聽我說。」

於是我一面大口嘆息，一面繼續說：

「原本碰到這種『非買不可』的焦點大作，我也屬於會先在店家預約的玩家啦。可是……感覺上，今年夏天不是出了很多狀況嗎？」

「……有耶（有呢）。」

他們三個比我想像中更加感慨地表示同意。有、有那麼誇張嗎？唉，算了。

「多虧如此，我把要預約這件事全忘了。等我回過神的時候，店家預約和網路預約都截止了……那麼，唯一有可能買到的地方，就是除了預約品項外還會鋪貨在店面賣的那家電玩店……」

「喔～～……」

三人總算露出理解的臉色。天道同學率先把我的話接下去。

「如果想買沒有預約的人氣作品，放學後的時間確實有點吃緊呢。下課後趕去，或許頂

多剩一套吧。」

「嗯，所以明天放學後我打算用全力跑。因此，剛才我才會事先向大家報告。」

上原同學對我說的話點頭。

「原來如此，你的意思是唯獨明天放學以後……就算只是打個招呼，可以的話也別找你講話嗎？」

「嗯，就是這樣。對不起喔。」

我所說的終於讓他們三個露出完全諒解的氣息了。

千秋帶著笑容回答：

「既然這樣，那就沒辦法嘍。我明白了。唯獨這一次……身為電玩的同好，我會祝你幸運，景太。」

「嗯，謝謝妳，千秋！」

有平時敵對的人物幫忙聲援，真令人高興。當我對千秋回以微笑後，不知道為什麼，天道同學就心急似的插嘴了。

「我、我也會祝你幸運！是的，身為女朋友，我會比任何人都賣力祝福你！」

「咦？好、好啊，謝謝妳，天道同學……」

儘管我很感激……可是……該怎麼說好呢？被自己的女朋友祝福：「希望男友能買到

遊戲！」這樣的男人……感覺非常那個耶……唉，算、算了。反正我實際上就是這麼廢的男生。嗯，這也沒辦法。

我搔了搔臉頰，上原同學不知為何就一邊賊笑一邊對我說：

「不過，你真的很愛那款遊戲耶。就算忘了預約，平時的你也會表現得更悠哉些吧。」

「嗯，是這樣沒錯。剛才我也說過……唯有這款系列，對我來說真的意義非凡。」

「……我也喜歡就是了……不過這個系列有那麼讓人著迷嗎？」

千秋偏頭。猛一看，天道同學和上原同學似乎也有一樣的想法。

但是我毫不畏懼他們那樣的反應，而是「嗯」地帶著把握點了頭。

「對我來說，這是相當於『原點』的遊戲。呃，雖然它不是我玩的第一款遊戲啦。該怎麼說呢……應該算第一款『打動我內心』的遊戲吧？」

「打動你內心？」

「嗯。尤其是這款系列的第二部作品，用了跟我喜好完全吻合的青少年科幻題材。之前我當然也玩過其他壯闊的ＲＰＧ大作，也覺得那些算得上名作……不過這跟『我的喜好』實在太吻合了。開頭的劇情讓我雀躍，玩到中間心情也跟著七上八下，結尾還讓我哭了出來。還有，因為那部作品在當時的定位也不算特別火紅……這樣一來，就讓我有了類似『這是專屬於我的遊戲』的錯覺。」

「啊～～……」

他們三個似乎也各自心裡有數，儘管目光各自飄到其他地方，他們還是對著我點頭。

我不禁靦腆地笑著繼續說：

「一旦有這種錯覺，就沒辦法客觀地評價這個系列了。像千秋說的，或許這其實不算什麼了不起的遊戲……可是對我來說……對我個人來說，這甚至可以說是最重要的一個系列。唉，居然會忘記要預約，真不知道我在幹嘛……」

說到這裡，我嘆了一口氣，但是接下來我就帶著渾身高漲的決心高呼：

「不過，要我買下載版妥協還是萬萬不行！所以唯有這款遊戲，我拚了命也要買到！」

……結果他們三個都賊賊地笑了。看來似乎是我的「老毛病」讓他們覺得好笑……糟糕，我真的越想越不好意思了。

然而我一畏縮，上原同學就爽快地笑著對我搭話。

「哇喔，真有氣勢。那沒辦法嘍，我也先認真祝福你啦。」

「啊……嗯！謝謝你，上原同學！還有天道同學、千秋！為了回報大家的祝福……我明天會全力打拚的！」

我帶著笑容如此宣言。他們三個則起鬨：「加油喔～～」

…………

怎麼回事啊？原本發生「忘記預約最喜歡的遊戲」這種狀況讓我十分難過，如今……我幾乎沒有半點懊悔。

「（……哎，能認識電玩同好會的大家……真的太好了。）」

我看了三個人的臉，分別獻上感激之情。

同時，面對明天決戰的士氣也更加高漲了。

天道花憐

「要、要再一次邀雨野同學進電玩社？」

「對。」

新那學姊望著遊戲畫面，用依舊淡定的調調回答我。

我先將書包擺到空著的座位，然後一邊就座一邊思考她話裡的意思。

「（唉……因為電玩同好會那邊提早結束，我才想到要來電玩社露一下臉……結果忽然就碰到這種狀況。）」

議題觸及這個社團的敏感神經，我一下子不曉得怎麼回話，忍不住就沉默了。但因為如此，放學後的電玩社社辦……反而不可思議地冒出令人心驚的緊張感。

加瀨學長淡然累積著FPS的擊殺數；三角同學……則是在練習連我們都不太能理解其境界的益智遊戲，不過他們顯然都對我跟新那學姊的談話內容豎起了耳朵。

我嘆了一口氣，決定先反問學姊並將結論延後。

「呃……怎麼突然提到這個呢？這樣不像妳耶，學姊。」

「是嗎？」

「是啊。畢竟以RPG來形容的話，新那學姊……還有加瀨學長，不是都把其他電玩社社員當成『一次也不會放到先發陣容的低等級後備成員』嗎？」

「「喂。」」

兩人發出不平的聲音，簡直像在抗議「我們多少還是有人性的耶」。但是，他們一邊講話一邊還是能在線上對戰，輕鬆輾過高階玩家的那模樣，相當欠缺說服力。

我用懷疑的眼光看向新那學姊，她就盯著螢幕發出「啊～～……」的慵懶嘀咕聲。

「要說這不像我的作風，確實也對啦。不過……妳應該也有察覺吧。我跟加瀨的心裡意外地一直梗著他……雨野景太的那件事。」

「啊～～……是的……」

被學姊一說，我不禁和三角同學相視，然後苦笑。

的確……後來我和三角同學還是跟雨野同學有個人性質的往來，對電玩的態度也差不多找出折衷點了。可是，學姊他們不一樣。簡單來說……這兩位學長姊都想對他「聊表歉意」。話雖如此，事情值不值得專程到低年級的教室道歉，那又是另一個問題。他們根本沒犯下那麼嚴重的過錯。狀況實在尷尬。

儘管我可以體諒他們倆的心情……卻還是存有疑問。

「我明白了，不過怎麼會突然這麼說呢？發生過什麼嗎？」

「並不算發生過什麼啦……在暑假期間有一點契機就是了。」

「？學姊碰巧遇見雨野同學了嗎？」

「沒有，我碰到的是冒牌梅原。」

「冒牌梅原？」

「嗯……在我基本上都維持心情低落的人生當中，目前他大概是最能激起我情緒的人之一。」

「是、是喔，感覺好像很厲害耶……」

我對學姊隨口提到的新人物冒出興趣。不過從新那學姊身上可以隱約感覺到她不希望別人深究關於那個冒牌梅原的氣息。

「（……啊，難不成跟戀愛有關嗎？哎呀哎呀，唷呵，是這樣啊。）」

扯到新那學姊的感情事，讓我非常有興趣就是了。不過現在要忍住。把話題帶回去吧。

「那位冒牌梅原做了什麼嗎？」

「與其說他做了什麼……還不如說那傢伙簡直有毛病……」

居然能讓新那學姊把話講到這個份上，冒牌梅原究竟是什麼人啊？

「總之，我跟那個冒牌梅原講過話以後，又想起了雨野景太的事情。」

「麻煩學姊別跟有毛病的人講話，還聯想到我的男朋友好嗎！」

我覺得自己受到了相當不名譽的對待方式！

新那學姊卻華麗地忽視我這股憤慨，又繼續說下去。

「再說天道，妳最近不是開始跨足電玩同好會的活動了嗎？」

「咦？啊，那、那是因為……」

「唉，我沒有責怪妳。既然妳可以答應雨野邀請而跨足那邊的活動，我只是在想，反過來應該也能成立吧？」

「反過來……呃，意思是雨野同學可以一邊參加同好會，然後偶爾也來我們這邊……學姊希望我這樣跟他說嗎？」

「對。」

「……的確，或許這樣是可行的……」

我不禁沉思……的確，跟雨野同學參加電玩同好會很開心，所以就算將舞台帶到電玩社，肯定也會很開心。不過……

「（……奇怪，怎麼回事啊……？明明我打從心裡希望和雨野同學一直在一起……要邀他入社，我卻一點都沒有意願……）」

我摸索自己為何會有這種難以理解的念頭，結果，我只想到一個環節。

「（這樣啊……以前被斷然拒絕的經驗……仍然對我有影響。）」

以前邀雨野同學加入時，我曾受到他斷然拒絕。那一幕似乎成了我心裡的芒刺。

我現在和他比以前更親近了，對此我有信心，我們也可以互相坦然表露心情。狀況和當時完全不同。

然而……即使腦袋裡明白……「被拒絕那一幕的記憶」還是無法輕易抹去……無論如何，我都會感到畏懼。假如，現在又被他拒絕……然後……

「（要是……像上次那樣，雨野同學又視和我以外的「交情」及「興趣」為優先……就算這樣，我還能笑得出來嗎？）」

目前跟上次不同的並非只有狀況，還包括……我對他的感情之深。

「……天道？」

我沉默下來以後，新那學姊就一臉覺得奇怪地開口搭話了。

我急忙回答：「啊，是的，不要緊。」於是，新那學姊似乎把這句話解讀成「我接受這個提議」，就和氣地露出微笑繼續說：

「那麼天道，麻煩妳去邀他嘍。」

「咦？啊，我沒有……」

希望學姊能讓我多考慮一下就是了……我差點這麼開口，然而霎時間，遊戲剛好進入中場休息的三角同學跟加瀨學長也出聲了。

「啊，要是可以跟雨野同學一起參加社團活動，我個人會覺得很高興！」

「……哼，只要他不來妨礙我，要我批准倒也可以……」

「…………」

一回神，電玩社所有人……都在期待我邀請雨野同學加入。

既然如此……我身為社長，在這種場合能給的答覆就只有一種。

「……請、請交給我吧！這次我一定……身為他女朋友的我一定會負責將他帶來！」

「噢～～……」

我用全身接受社員們感到佩服的聲音。

「（……女朋友……啊……）」

不與任何人目光交集的我把視線轉向窗外逃避。

暑意尚濃的九月初，遠遠可見在幹道彼端到現在仍有搖曳的蜃景。

亞玖璃

「（糟糕，人家被算計了……）」

跟電玩同好會請了假的星期三放學後。

人家……在某間家庭餐廳，遭受到強烈的後悔侵襲。

「（說真的……早知道會這樣，人家就乖乖出席同好會了。）」

人家裝成在玩手機，頭朝下方，偷偷用不至於破壞周圍氣氛的音量嘆氣……這時候，同座的兩個痞子男之一不懂得觀察人家流露的氣息，還用無法分辨是不是在搞笑的微妙調調搭話：「嘿！亞玖璃美眉～～」……簡單說呢，他講話的方式真的讓人聽了一點也笑不出來。

「怎樣，男人來電嗎？該不會是妳的男朋友？」

「沒有……」

並不是這樣──人家差點反射性地這麼回答他，不過，後來人家轉了念頭想：欸，等一下喔。

「（乾脆就當作這樣，然後回家吧。嗯，這樣比較好，就這麼辦──）」

人家做出結論以後，立刻想提起讓自己感到驕傲的男朋友，也就是祐的事情……霎時

間，坐在旁邊的國中同學三島紗理奈就狠狠地踹了人家的腿。老實說，人家很不爽……卻只好用笑臉回答痞子男：

「完全沒有那種事……啊～～……我要去飲料吧一趟～～」

人家把剩得還不少的檸檬茶一口氣喝完，然後逃跑似的離開座位。

……可是──

「啊，等一下，亞玖璃～～我跟妳一起去～～」

「（唔。）」

紗理奈也跟著起身了。她勾住人家的胳臂，表現得像是「姊妹淘」一樣。然而……

「（糟糕，說教時間來了。）」

紗理奈明顯想找時間跟人家獨處。人家一邊感到排斥一邊走向飲料吧……正如所料，一來到兩個痞子男聽不見的地方，她就開始凶了。

「欸，亞玖璃，妳乖乖陪篠原聊天啦。要不然，我跟工藤也沒辦法變熱絡啊。」

「既然這樣，妳從一開始就跟那個叫工藤的單獨見面嘛，幹嘛把人家扯進來。因為妳說要找幾個好久不見的同學一起聚會，人家才來的……」

人家之前才在想，國中時關係其實不算多好的辣妹型同學三島紗理奈怎麼會突然來約我……結果卻是這麼回事。

「（……唉。雖然人家有所期待也是錯的。）」

實際上，紗理奈這個女生本來就是這樣子。說穿了，她屬於「令人不快」的那種現充。對國中時規規矩矩的人家來說，她是最難應付的同學。

不過正因如此……紗理奈於好於壞都在人家心中留下了強烈的印象。

「（原本還以為會是彼此變熟的好機會……）」

人家朝旁邊的紗理奈瞄了一眼。她依然習慣化濃妝、噴香水。大概是因為鳳眼的眼線畫得十分清楚，瞪人的力道非常夠勁，是個帶著威迫氣息的正妹「風」女性。

「（哎……人家還是不習慣……跟紗理奈相處。）」

從國中畢業隔了一年多，人家本來還期待彼此的印象多少會有所改變，可是並沒有。紗理奈依然是紗理奈，人家還是人家。強者與弱者。

她用力把人家推開以後，就搶先霸占飲料區，並且開口抱怨：

「哼，沒禮貌，什麼叫把妳扯進來？我明明是為妳好耶。」

「啥？為人家好？」

「沒錯。妳升上高中以後勉強只有把外表弄得像樣，現在我打算替妳累積男人的經驗。要感謝我喔……小璃子。」

「…………」

紗理奈這時候用了人家在國中時並不體面的綽號……人家已經傻眼得沒話好說了。

「（她八成是從什麼地方得知人家現在的外表，就打著「這個輕佻的女生當誘餌還算管用吧」的主意，才會跟人家聯絡……居然還厚臉皮地講這種話。）」

人家在各方面都氣過頭以後，反而對她有點佩服。雖然人家也覺得自己現在夠任性的了，可是果然比不過「打從骨子裡就是這副德性的人」。

儘管心裡知道沒用，人家還是姑且試著抗議：

「……可是人家已經有很棒的男朋友了耶。」

「哎呀，是嗎？真巧耶，我也一樣，有長得帥又前途可望的真命天子。順帶一提，他們……工藤和篠原也都有真命天女了……所以說，那又如何？」

「…………」

說不通，雖然人家最近也稍微覺得自己是現充了……但這些人的等級不太一樣。

當紗理奈先回去座位，人家就把杯子放到回收區，然後重新倒熱的咖啡歐蕾到小杯子裡……茫然望著焦褐色液體冒著泡泡注入杯中的景象。

「（哎……人家或許是第一次……覺得來家庭餐廳這麼無聊……）」

朝我們的座位那邊看去……有一個超令人不快的女生，以及兩個似乎用下半身思考的男生對其他客人毫不顧忌地哈哈大笑著。

人家忍不住嘆氣。

「（……既然要來家庭餐廳，人家更想跟祐恩恩愛愛地耍甜蜜。或者……）」

人家想跟雨雨懶洋洋地閒聊。像平常那樣……放空腦袋閒聊。

「（唉，就不能用那三個人當祭品，把雨雨召喚出來嗎……？）」

這樣的念頭忍不住冒了出來。由於最近會到電玩同好會，人家的用詞也變得有點偏向電玩……然而不可思議地，人家現在覺得這樣的自己還不壞。

當人家不禁微笑時，咖啡歐蕾就泡好了。朝杯子探頭一望，人家忽然想起自己自以為是地在這間家庭餐廳對雨雨娓娓講解「何謂與他人溝通」的畫面。人家忍不住笑了。

「（……嗯，再努力一下吧。既然想跟別人變得要好……一開始多少需要忍耐。亞玖璃，妳平時對雨雨也是這麼說的吧？）」

人家用指頭細心地端起熱燙的杯子，緩緩地走回座位。

於是，杯子還沒擺到桌上，那個男生……叫篠原的痞子男就彎身向前朝人家搭話了。

「亞玖璃美眉～聽說妳有參加電玩同好會，真的假的？」

「……是真的啊，所以怎樣？」

人家氣悶地一邊回答一邊就座，結果又被先入座的紗理奈踹了……唉。

篠原嘻皮笑臉又說：

「妳還真厲害耶～～」

「哪有？」

「反正電玩同好會裡面都是些豬頭豬腦的噁心在室臭宅男吧？」

「…………呃。」

對不起，雨雨，人家剛才一下子就聯想到你了。人家並、並沒有覺得你豬頭豬腦或噁心喔。沒、沒錯，真的啦真的啦…………對、對不起喔。

當人家因為罪惡感而獨自冒汗時，篠原又繼續說：

「那些人肯定都在打妳的主意嘛。」

「啥？」

這男的在講什麼？他的空想實在太荒謬，當人家聽得傻眼到極點時……居然連那個叫工藤的還有紗理奈也跟著附和。

「哎，那傢伙一定有用亞玖璃美眉來『擼』啦。」

「討厭，好噁心喔～～別說了啦，工藤。」

「不不不，與其讓他們像豬一樣對二次元發情，那樣還比較健康不是嗎？在這層意義上，亞玖璃美眉真的是宅男社團的女神——」

「磅！」

桌子突然受到衝擊而大幅搖晃。還以為出了什麼事情……

「（咦，是人家嘛。）」

結果原因出在自己身上。要說到剛才是怎麼回事……人家好像毫無自覺就伸出雙手用力拍桌，然後拄著桌面站起來了……真不可思議呢。

一時之間，人家困惑歸困惑……內心卻意外輕鬆地打定了主意。

總之……人家和氣地對啞口無言的那三個人露出笑容。

「…………」

接著，在他們臉上露出一絲安心的瞬間——

人家就帶著極為平靜的笑容，緩緩地開口了。

「啊，抱歉喔。跟那些豬頭豬腦的噁心在室臭宅男講話開心多了，所以人家要走嘍。」

「咦？」

「拜拜。」

人家用白眼看了他們三個，然後迅速從錢包掏了一千——算了，只出五百圓就好，把錢甩到桌上以後，人家就拿起包包從現場離開。

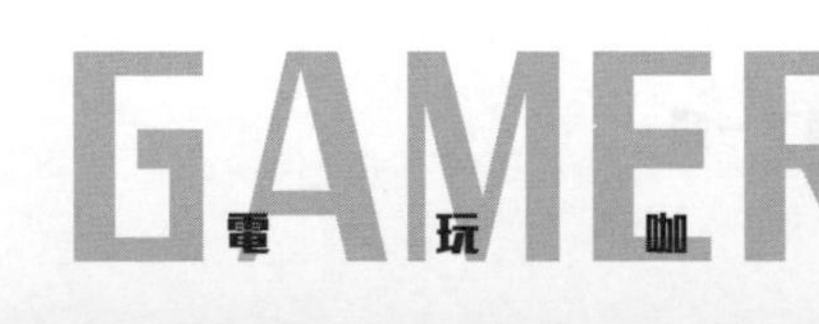

結果一走到店外面，理所當然地——三島紗理奈就追來了。

人家無奈地回頭……眼前的她擺了絕對見不得男人的臉色。

「欸，亞玖璃！妳到底是什麼意思！」

「哪有什麼意思。人家只是講出真心話然後回家啊，事情就這樣。」

「啥……！妳、妳剛才提到的男朋友，該不會就是什麼電玩同好會的噁心臭宅男吧？」

「沒有啊，不是那樣……」

雖然人家的男朋友也在電玩同好會，但他們不是同一個人。當亞玖璃猶豫要不要說明時，紗理奈就逼過來了。

「既然這樣，妳剛才那是什麼態度！」

「哪種態度？」

「拜託喔……！男朋友以外的男生被損個幾句，妳幹嘛發飆啊！真不敢相信！居然因為這種小事就搞砸場子的氣氛……！」

「這種小事？」

人家頓時起了反應。氣勢輸掉的紗理奈回嘴：「怎、怎樣啦……」人家就……直直地望著紗理奈，並且回答她：

「雨雨確實是個噁心的在室臭宅男——但是，你們罵他才不叫『這種小事』。」

「什、什麼話嘛，莫名其妙。那、那傢伙又不是妳的男朋友，對吧？」

「不是又怎樣？」

「怎……可是……妳……妳那樣…………」

「怎麼樣？假如妳整理不出想講的話，人家要走了喔。」

人家轉身就走。然而……走了幾步以後，背後突然傳來歇斯底里的咒罵聲。

「妳果然一點都沒變！結果妳還是那個『規規矩矩的小璃子』！」

她那句話讓人家回頭望去。

然後……人家對紗理奈——對大概再也不會見面的國中同學，回以沒有半點陰影的笑容說：

「啊哈哈，這是人家今天聽到最高興的一句話！謝嘍，紗理奈。」

星之守千秋

星期三，晚上九點三十分。

大大地顯示於螢幕中央的視窗中，點陣圖勇者正沿著草原南下。幾秒後，他遭遇魔物。移轉到側視形式的戰鬥畫面，與三隻屬於早期出現的雜兵「蜥蜴天狗」展開戰鬥。

我用手邊的遊戲把手操縱游標，逐一測試直接攻擊、防禦、其他特殊技能的指令。

「……奇怪，這一招沒有讓屬性補正到……」

我將找到的設定錯誤概要「噠噠噠」地輸入到記事本，然後繼續試玩。這樣的作業持續一陣子以後，敲門聲就從背後傳來了。

「姊，妳現在有沒有空？」

「自己進來沒關係喔～」

還在操縱把手的我頭也不轉地回應，門就被客客氣氣地打開了。間隔幾秒鐘，身穿睡衣的妹妹——星之守心春來到我的旁邊。

她看見未完工的點陣圖ＲＰＧ在螢幕中運作，「咦」地發出疑問的聲音。

「姊，妳什麼時候又開始動工做遊戲了？」

「前一陣子。目前是中間的除錯階段。」

「哦～～……真意外。因為有雨野學長那件事，我以為妳會低調一點。沒想到妳已經把心情整理好了。」

被心春一說，忍不住心驚的我停下了正在除錯的手。我用食指搔了搔鼻尖，然後仰望站在旁邊的心春並露出苦笑。

「不是啦，根本就沒有整理好。情況本來就夠亂的了。」

「姊，那有一半是妳害的耶。連我都被拖下水。」

「唔……對、對不起。當時妳爽快地答應這種突然又冒犯的請求，我實在非常感激。」

「沒有，我根本就不爽快，可是看到姊那麼拚命拜託，當然只好……唉，算了啦。所以呢，明明心情還沒有整理好，為什麼妳又開始做遊戲了？」

「因為……我有用不著等心情整理好的單純動機啊。」

「？妳是指？」

心春由衷不解似的歪頭，而我……笑著對她回答：

「因為我只是無可救藥地喜愛做遊戲。」

「……原來如此。」

心春也用柔和的微笑回應我的答覆。

我將目光轉回螢幕，然後操縱滑鼠……打開有一陣子沒更新的〈ＮＯＢＥ〉部落格。

「在部落格和〈阿山〉的交流……確實在我近期的創作動力中占了相當大的比重。因此……目前我不知該怎麼跟他相處，花在創作上的精力確實就沒有以前多……不過……」

我關掉部落格，再次回到遊戲畫面，然後一面操縱勇者活動一面賊笑。

「那到底沒有占去全部。雖然相當渺小又微弱……即使如此，最重要的『創作意欲核心』永遠都只有從我自己心裡才能湧現。」

「……姊，妳好厲害。」

心春用溫暖無比的眼神看著我。我總覺得這樣很肉麻，就急忙開口粉飾：

「不、不過不過，換句話說，從這點也可以看出來！我是另一種涵義上的電玩廢人兼飯桶！受不了，都不懂得用功讀書……我真是個糟糕的姊姊，沒錯！」

「呃，關於糟糕的姊姊這部分，請容我保留緩頰之詞。」

「唔……！心……心春，假如妳只是來戲弄這樣的姊姊，請趕快出去！因為我還有一大堆事情要忙！是的！」

我揮手做勢趕人，心春就一邊鬧著說：「呀啊～～窩裡橫的姊姊好恐怖～～」一邊閃躲……完全沒有要離開的動靜，就這樣留下來了。

「……妳想怎麼樣嘛，心春？」

我狠狠地瞪著她問，心春就「唔～～」地思索般讓目光遊走於半空並回答：

「……該怎麼說呢……我在想，要不要重新問清楚姊姊的心意。」

「心意？對什麼的心意？」

「那還用說。」

這時候，心春突然眼神認真地望著我。

我吞下口水反問：

「…………妳是指……景太嗎？」

心春默默點頭……老實說，我不清楚她這麼認真有什麼用意，可是，既然我把她拖下水了，就該坦然回答這個問題。

我將椅子轉過來，重新面對心春……然後我做了一次深呼吸，毫不心急……而且坦率地……告訴她正因為如此才十分不中用的答案。

「我不知道。」

「…………」

心春沒有立刻說什麼，相對地，她用嚴厲的眼神瞪了我。

即使如此，我仍不服輸地朝她看回去……不知道就這樣過了幾秒鐘。心春微微嘆氣後，揚起嘴角對我露出有些好鬥的表情。

「即使姊姊是個連面對自己感情都不開竅的木頭人，身為妹妹的我一樣看得出明確答案耶。想不想聽？」

「…………」

我不禁沉默下來，心春露出從容的微笑繼續說：

「姊，基本上在妳那樣拜託我的時候，妳就已經——」

「妳不用說了。因為我的心意並沒有廉價到可以透過別人的話來表述。」

我斬釘截鐵地回話。心春頓時睜大眼睛，隨後就打從心裡覺得可笑似的笑了。

「啊哈哈，什麼嘛，我果然還是拗不過姊姊。唉，真不知道這算乾脆還是不乾脆……」

心春傻眼似的這麼說，卻還是帶著有些溫柔的眼神微笑。我直到這時候才發現自己被她「拐了」，因而害羞得低下頭。

「總、總覺得是我對不起妳，心春。啊唔……」

「不會不會，沒有啦沒有啦……畢竟，往後說不定是我要向姊姊道歉。」

「？什麼意思啊？」

「誰曉得呢。姊，要是妳拖拖拉拉的，或許就會慢慢體會到自己精明的妹妹是怎麼飛快地後來居上。」

「？說什麼啊？妳不是從一開始就在全方面都超越我了嗎？哪需要什麼後來居上……」

「哎唷，妳就是這個樣子。總覺得鬥志都被磨掉了，真是的。」

這次心春露出了打從骨子裡感到傻眼的模樣……嗚嗚，妹妹對我的評價又變低了……

在我沮喪時，心春就抓了抓頭髮說：「總之呢——」然後重新帶領話題。

「姊，我是希望妳差不多該決定要跟雨野學長『變成什麼樣的關係』了。」

「變成什麼樣的關係……嗎？」

「沒錯。要不然……像我們三個之前見面就很明顯了，要頂替妳的其他身分……〈NOBE〉跟〈MONO〉，我自己的立場也會搖搖擺擺，都不知道該跟學長好好相處還是劃清界線了……」

「唔。」

「……哎，網路上的問題比較複雜，我是不會叫妳現在就拿定主意……不過，至少『星之守千秋』想跟『雨野景太』變成什麼樣的關係，妳差不多該釐清才行了。」

「是這樣……沒錯。」

「……姊，結果妳想跟他變要好嗎？還是妳想跟以前一樣繼續和他吵架？或者……」

心春說到這裡便停頓一下，然後誠懇無比地問我：

「……要不要乾脆就跟他保持距離？」

「！」

我忍不住倒抽一口氣……的確，最近看見他會讓我覺得難受……不對。坦白說好了。看見他和天道同學彼此歡笑，會讓我覺得難受。如今心春鄭重地提出「保持距離」的看法……令我吃了一驚。因為這陣子……我肯定在無意識之間有了這樣的打算。不過……我還是覺得那樣……

我陷入沉思，心春就放輕語氣告訴我：

「哎，我沒有叫妳現在就做出結論啦。倒不如說……抱歉突然談這些。」

「咦？啊，不會的，沒那種事……」

關於這一點，明顯是我有錯。心春輕易就退讓了。

「（……依然讓人分不清誰才是姊姊呢……）」

該罵的時候她就會直話直說地罵，卻也不會逼得太緊，還促使我自己思考成長……受不了，這是該讓妹妹做的事嗎？

我深深反省以後，心春就完全變回平時開朗的調調說：「好啦。」並離開房間。

「那就這樣嘍。姊，晚安。」

心春在離去之際，還從門縫露出笑臉，微微對我揮手。我也急著揮手回應。

「啊……好、好的。晚安，心春。」

房門發出輕輕的聲音關上了。

「……………」

只有螢幕亮光的陰暗房裡獨留我一個在椅子上抱著腿……嘀嘀咕咕……小聲問自己……

「……我……我想……和景太……怎麼樣呢？」

……這樣的問題，我不知道問過自己幾遍了。

假如是遊戲角色的信念、基於那些想法的台詞及行動、藉此交織而成的故事劇情，明明我一向都可以毫無阻礙又順暢無比地要寫多少就寫多少。

偏偏就是「星之守千秋」這個人物的心意……我到現在仍捉摸不清。

上原祐

九月第一週的星期四。第三節課上完的休息時間。

「咦～～明明是沒有同好會活動的日子，我們今天也不能單獨一起玩嗎～～？」

亞玖璃在面對多用途大廳的中庭廣角窗前面，鼓著腮幫子可愛地向我抗議。

我告訴她「對不起啦」並稍微低頭賠罪。

「既然我下了決心，有件事情再不採取行動就快要出問題了。」

「？什麼事啊？你是指用功準備考試嗎？」

「呃，不是那樣啦……不過會左右人的將來這一點，在意義上或許是相近的。」

我含糊其辭地說明。亞玖璃則說：「呼嗯～～……哎，好吧。」然後用心裡其實覺得一點都不好的調調噘嘴。

……老實說，讓女朋友露出這種表情，我也很難受。何況實際上的問題是我今天為了在放學後見其他女生，才拒絕了亞玖璃的邀約。要說內心不會愧疚就是騙人的。可是，唯獨這次實在不得已。因為……

「（身為「跟星之守同一陣線」的人，我差不多該採取具體行動才行了……）」

我已經如此下定決心了。

亞玖璃似乎有察覺我散發的氣勢，就往前走了幾步然後回頭看過來，半開玩笑似的對我吐舌鬧脾氣。

「沒關係～～人家偶爾就自己跑去電玩中心玩。即使在那邊跟你以外的男生玩開了，人家也不會管你喔。」

「呃……」

我有點緊張……雖然完全可以感受到亞玖璃是用說笑的調調……不知道為什麼，一瞬間

我卻聯想到雨野跟她兩個人玩遊戲玩得興起的模樣。

「（受不了。我要做這種娘娘腔的被害妄想到什麼時候啊？）」

我立刻把那個畫面從腦海中甩開，然後對亞玖璃露出笑容。

「那就吃不消了。好吧，為了阻止妳跟其他男人玩開，要是事情早點辦完，我會到電玩中心露臉看看。」

「真的嗎？」

「是啊。不過，我真的沒辦法估計要多少時間，所以妳不用等我喔。視情況而異，我也可能根本去不了。」

「嗯，了解！呵呵，但是人家會稍微抱著期待等你喔。」

亞玖璃羞澀地說：「拜嘍！」並回去自己的教室。我用笑容目送她，自己也邁步回二年F班了。

「（不過說真的……星之守這件事要怎麼辦？）」

我一面從多用途大廳走向通往教室的走廊，一面如此思考。

「（在那之後我立刻跟家裡去旅行了，接著又不知不覺都在陪亞玖璃或那些死黨，遲遲沒有找時間跟星之守單獨講話……）」

要講手機或傳簡訊也是可以，然而顧及話題是「她跟雨野之間的戀情」，我也希望最初能見到面再談。但……

「（總覺得星之守也有點避著我就是了。應該說，她的態度居然亂生硬的。在同好會也是，看似跟平時沒兩樣，實際上卻好像不著痕跡地在避免跟我直接講話……）」

感覺有點納悶。還有，除此之外……

「（雨野也變得莫名積極，忽然邀亞玖璃跟天道加入同好會。哎，以發展或關聯性來看倒不奇怪……可是他那麼積極，星之守又完全沒反對意見，當中實在有鬼……）」

我不清楚具體來說有什麼內幕，但檯面下顯然正在推動某種計畫。既然這樣……我就不能拖拖拉拉地把接觸星之守這件事一直往後延了。

二年F班教室來到眼前以後，我用力握拳下定決心。

「（所以說……今天既沒有電玩同好會的活動，雨野更決定「要不顧旁人，拚命衝去買最喜歡的遊戲」，放學後就是可以不受干擾地和星之守接觸的大好機會。雖然對亞玖璃不好意思，唯有今天我得以星之守為優先。）」

我一走進教室，校內就響起了休息時間結束的鐘聲。

放學後。回家前的班會一結束，雨野便勢若脫兔地衝出教室了。

「（那我走嘍，上原同學！）」

「（噢，加油。）」

我跟雨野只用眼神如此互動。於是雅也湊到我旁邊，望著雨野離去後的門問：

「他、他是在幹嘛？雨野那傢伙……依舊讓人搞不懂耶。」

「會嗎？我倒覺得情緒像他那麼好懂的人不多。」

雅也頭痛似的對我說的話蹙眉。

「是喔？哎……感覺他好像卯足了勁耶。我有猜對嗎？」

「噢，答對啦。順帶一提，你看得出他為什麼那麼帶勁嗎？」

「這就看不出來了——啊，等等喔，我猜是那個吧。」

這時候，雅也露出靈機一動的神色。他大概是察覺雨野老在玩電玩這一點了吧。當我如此推測時，雅也就……賊賊地笑著回答了。

「是傳聞中的階級落差女友，天道同學要叫他過去吧！欸，對不對？」

「…………啊～～……」

我忍不住搔起臉頰。的確……有男人跑得那麼賣力，說是為了女朋友感覺還比較踏實。實際情形卻並非如此。

我總覺得天道同學有點可憐，就對雅也說：「哎，差不多。」然後自己也決定盡快收拾完離開教室。我有我要忙的事情，必須在星之守回家前攔到她才行。

我一面向班上同學簡單問候，一面走向星之守所在的二年A班。途中我探頭看了亞玖璃讀的C班，她卻已經不在了。難道亞玖璃已經去電玩中心了嗎？

「……真想趕快把事情辦完，然後跟她會合。」

腦海一瞬間又閃過亞玖璃跟其他男人玩的模樣，我便如此嘀咕。

我稍微加快腳步到A班。

「（那麼，星之守人在……啊。）」

我從門口向教室裡探頭找星之守，結果頭一個和我目光交會的……並不是我要找的女生，而是同樣讀A班的金髮藍眼女偶像。

她一看見我就出聲說：「上原同學。」然後莫名其妙地擱下身旁的跟班走了過來……糟糕，A班同學表示「你想怎樣？」的目光令人好難熬。

「（原來雨野總是在承受這種目光啊……那傢伙真猛。）」

我光是被天道打聲招呼就受到差點飆淚的敵意，假如換成她男友……我想都不敢想。

當我用僵硬的笑容回應：「嗨、嗨。」天道就擺著一如往常的官腔笑容來到我面前。

「你來得正好，上原同學。」

「？什麼事啊？」

「沒有，我有點問題想找你商量。」

我不禁對她這句意外的話歪頭。

「找我？不是找雨野？」

「是的……之所以如此——」

這時候，天道又朝我走近一步，為了避免聲音外洩而對我細語：

「我想談的，就是關於雨野同學的問題……我希望再次邀他參加電玩社。」

「啊～～……」

還真是不好辦耶……不過正因如此，我也能理解她為什麼要找我商量這件事。

然而，我有我的事要忙。我越過天道的頭環顧A班教室。

「那我明白了……呃，星之守還在嗎？」

「星之守同學嗎？是啊，我想她還沒有回家……」

天道邊說邊回頭……接著，她朝在教室一角緩緩將教科書塞進書包的捲髮女生搭話。

「啊，星之守同學！上原同學有事要找妳。」

「！咦？啊……上、上原同學找我嗎……？……啊哇哇……」

「「？」」

星之守不知為何一下子變得有點慌。我跟天道都歪頭表示不解，她就手腳不靈光地收拾完東西……然後像機器人一樣用僵硬的腳步走過來。

星之守來到我跟天道面前，眼睛咕嚕咕嚕轉地開口說：

「那、那個那個……啊唔，關、關於那件事，我到現在還沒有想出要怎麼答覆，或者應該說，我沒有開口傷人的覺悟，所以假如目前要單獨講話，那我……！」

「「？」」

完全不懂她在說什麼的我跟天道都一頭霧水。不過……我稍微思索以後，就警覺該怎麼解讀那些話了。

「（我懂了，星之守還沒想出要怎麼處理自己對雨野的心意。她沒有向天道橫刀奪愛的覺悟，所以目前並非可以和我單獨商量「如何追雨野」的階段。是這個意思吧。）」

仔細一想也對，或許是我太心急了。一回神，我才發現採取這些動作只顧到自己方便。這是我的壞毛病。

反省過的我為了讓星之守安心，就對她回以柔和的微笑。

「我明白了。抱歉，星之守。急著要妳答覆……」

「！不、不會！別這麼說！上、上原同學在這種情況下想知道我的心意，我認為是理所當然的事情，是的！…………………啊唔……」

我和星之守之間好像瀰漫著某種微妙的氣氛。於是，天道貼心地開口了。

「呃，我不太清楚狀況，但是應該可以當成兩位要忙的事情已經結束了吧？」

「是、是啊。應該說結束得出乎意料……」

「那麼，我能不能重新找你商量邀雨野同學到電玩社的事呢？」

「咦？又要找景太到電玩社嗎？」

天道的話讓星之守愣住了。天道看了她的反應則苦笑表示：「是啊。」

「社團裡談到最後就變成這樣了……啊，星之守同學，假如妳也能陪我一起商量就太好了，妳意下如何呢？」

「咦？我也一起嗎？是可以啦……」

星之守一邊回答一邊瞥向我這邊……這個狀況和原本預期的實在差太多，讓我忍不住搔了搔頭。

「（……哎，既然沒辦法跟星之守商量她的感情事，不得已嘍。再說，我也在意電玩社那邊的事情……）」

我朝她們倆點頭回應……到了這時候，我才發現A班同學的視線已經帶刺得離譜。足以代表學校的兩個美少女和我這種帥哥偷偷摸摸地在做些什麼的話，當然會這樣。

我帶著走樣的笑容向她們倆說：

「呃，那我們一邊往大街的方向走一邊談好不好？」

為了逃離這些視線，更重要的是，為了一邊陪天道商量一邊盡快跟亞玖璃會合，我做出這樣的提議。

得到兩人爽快答應以後，我們就匆匆開始移動了。

「原來如此，是新那學姊他們在推動妳啊……」

通往大街的路上，走在田園風景中的我聽完事情概略以後，忍不住嘀咕起來。

於是，天道看了我的反應，就看似不解地偏頭問：

「咦？上原同學，你跟新那學姊是互相認識或者有什麼關係嗎？」

「嗯？怎麼特地問這個……啊，因為我叫她『新那學姊』嗎？」

的確，如果沒見過面，應該會稱她為「大磯學姊」才對。

星之守也在聽，我就簡單做了說明。

「不是啦，暑假中我碰巧有機會跟她講了一點話。」

「「…………哦～」」

女生們好像跟我拉開一步的距離了。

「喂……妳、妳們怎麼露出那種看待人渣的眼神！先、先聲明喔，我才沒有跟她搭訕！我只是跟她痛痛快快地比了一場……」

我這樣說明以後……天道和星之守不知為何就立刻滿臉通紅地停下腳步了。

被我嚇壞的兩個人齊聲大叫：

「「你跟她痛痛快快地比了一場？」」

「呃，不要強調得那麼詭異啦！不是妳們想的那樣！沒有任何在晚上較量什麼的含意！我說的只是打格鬥遊戲！」

「「……格鬥遊戲啊……？」」

「欸，為什麼妳們似乎又想從格鬥遊戲這個詞硬找出什麼猥褻的隱喻！在妳們心裡，我目前的信用到底變成什麼樣了？」

到底怎麼搞的？我什麼時候被定型成「搭訕男」的形象了？要、要說的話，我多少是有八面玲瓏的部分啦……！光是如此，連外遇的前科都沒有，我覺得自己沒道理被這樣對待就是了。

我咳了一聲清嗓，然後重啟話題。

「所以天道，妳到底想商量什麼啦？乍聽之下，我覺得妳只要直接跟雨野提這件事就可以了結啦……」

「啊，我也在好奇這一點。」

星之守跟著附和。天道無力地對我們微笑以後，露出了些許遲疑的舉動，然後就戰戰兢兢地開口了。

「不……雖然說來很難為情，但是要直接向他提這件事，我會怕……」

「「怕？」」

從天道口中出現的意外字眼讓我和星之守感到訝異。

天道點頭繼續告訴我們。

「呃，我以前邀請雨野同學入社時，不是被拒絕過一次嗎？而且……該怎麼說……那就像被他狠狠甩掉一樣……應該說，我和『電玩』被擺上他心中的天平，結果輸的是我……」

「「…………」」

不知該如何回話的我和星之守都沉默下來。

我們那樣的反應讓天道慌了，她連忙緩頰：

「不、不是的，現在我比以前更能理解雨野同學玩遊戲的作風了，坦白講，我也有九成機率會被他拒絕的心理準備喔。只是，不知道為什麼……」

天道微微低頭，落寞似的嘀咕：

「不知道為什麼，我變得……比以前更加害怕被他拒絕了……」

「「…………」」

我不禁和星之守相視……老實說，我跟星之守一下子就能理解為什麼天道比以前更怕被雨野拒絕了。

「（……天道她……真的很喜歡雨野耶……）」

那是因為她比以前更加喜歡他了。正因如此，他講的所有話都分量獨具。若他訴說愛意，就會讓她更加喜上心頭……另一方面，如今要聽他拒絕，就實在太沉痛了。

天道又繼續說：

「前陣子我們約會時……我曾經在閒聊中隨口邀過雨野同學，雖然他是用『饒了我吧』這樣的話來婉拒……然而光聽他那麼說，其實我內心就非常不安。因為如此……」

「……妳才害怕聽雨野回答，是嗎？」

天道對我說的話點頭……我們幾個默默地走了一會兒。

烈日熱辣辣地曬在皮膚上。暑意尚濃，轉眼卻在路旁發現有乾掉的蟬屍。忽然間，吹起了一陣稍有涼意的風。

令人意外的是……星之守首先打破了這種凝重的沉默。

「……我想應該無妨吧。」

「「？」」

我和天道沒聽清楚星之守說的話，都看向她那邊。然而星之守不知為何並沒有看我們，而是凝望著前方重新說了一次。

「我想應該無妨吧，妳可以為此感到慶幸。假如他拒絕參加電玩社。」

「「咦？」」

儘管這次我們都聽清楚了，卻不懂她說的意思。

當我跟天道愕然無語時……星之守依然不看我們這邊……眼裡卻蘊含著某種強烈的意志，像是在告訴她自己似的咕噥：

「畢竟……畢竟，景太本來就是這樣子的人，不是嗎？個性懦弱卻又在一些奇怪的地方特別頑固，壓根就是個宅男，所以有時候他會把享受電玩看得比讓自己成為現充重要……」

「「…………」」

「不過，正因為這樣……」

星之守說到這裡才頭一次看向我們這邊。

接著——她使勁地笑了。

「正因為這樣，天道同學才會喜歡上景太，對不對？」

「「！」」

她的話、她的表情，讓我們恍然大悟。

天道單純是重新察覺重要的原點而受到感動。

然而從我的觀點……看到的不只如此……

「（星之守，其實……其實妳陳述的不是天道的心境，而是妳自己……）」

我忍不住緊緊握拳。

……眼前有星之守笑著為天道打氣的身影。

「所以妳根本就不用害怕喔，天道同學。因為因為，景太他就是會拒絕那樣的邀請啊。尤其像今天，有他最喜歡的遊戲上市耶。搞不好那傢伙還會說他從明天起暫時連同好會活動都不參加了。景太就是這樣的電玩痴嘛。」

「……星之守同學……」

天道的眼睛恢復活力了。

「是啊……就是這樣。嗯，確實是這樣沒錯……呵呵，相較於我或者朋友，雨野同學更會視電玩為優先。而我就是對這樣的他…………是這樣沒錯。」

「就是啊，那個笨蛋真的就是把電玩當一切。所以……」

星之守說到這裡，就為了不讓任何人聽見而低頭嘀咕。

天道依舊跟雨野完全相反，似乎對這一類的嘀咕渾然不覺……

但是……目前注意著星之守一切舉動的我就將她嘀咕的內容聽得一清二楚了。

「（所以……我也決定要向前進。就算在前面等著我的並不是情侶關係。）」

「！」

為了避免天道聽見……身為朋友的星之守一面幫她打氣，另一方面卻為了在自己心中定下小小的決意而偷偷嘀咕。

我……我看到星之守那樣，便懷著羞愧的心意，更加用力地握拳。

……然而，天道當然還是對狀況渾然不覺……

「對啊，星之守同學。說到雨野同學真是受不了，像之前他在約會時也是……」

她居然還打算直接找星之守曬恩愛，因此我忍不住一面咳嗽一面強行闖到她們之間。

「咳……咳咳咳！」

「呀啊？」「欸，上原同學。」

我太粗魯了點，不小心就跟兩個女生貼在一起了。

不過，這實在情非得已。目前我的處境，確實任誰來看都像完全無話可辯解的搭訕男，但我對行為本身毫無悔意，何況在這種鄉下馬路被熟人碰巧看見的機率根本——

「祐……？」

「咦？」

——背後突然有人出聲，我一臉傻愣愣地回頭。

結果在那裡的……是我那位眼裡似乎染上了絕望色彩的女朋友……亞玖璃小姐。

她在片刻前好像還打算跟我搭話，朝我肩膀伸到一半的手抖個不停……不妙。事情顯然不妙了。雖然我知道大事不妙……一下子卻想不出什麼漂亮的說詞。天道和星之守也一樣。所有人都混亂得什麼話也說不出，地獄般的時間逐漸流過。

於是，經過漫長到好似永遠的幾秒鐘以後，亞玖璃動了發抖的嘴脣。

「外……」

「……外？」

亞玖璃就這樣在眼裡積了滿滿的淚水…………隨後，她拔腿衝過我們幾個旁邊，往大街的方向跑去了！

「外遇成這樣未免太鐵證如山了啦啊啊啊啊啊啊啊啊啊啊啊啊啊啊啊啊！」

「這種大叫的方式怎麼有點耳熟！」

我一面吐槽，一面當然也急著追到她背後——我們幾個都一樣。

不知道為什麼連天道和星之守都全力跑著跟上來了。她們似乎覺得自己有些許責任。兩人都拚命幫我朝亞玖璃的背影大叫。

「亞玖璃同學！不要緊的！對我來說，上原同學根本就像雨野同學的跟屁蟲！」

「是的是的！被上原同學喜歡還會覺得榮幸的時代早就過去了喔！」

「謝謝妳們幫忙打圓場！可是為什麼我剛才有一點受傷的感覺！」

「『外遇男請不要講話！』」

「嗚哇啊啊啊！連外遇對象都認定人家的男朋友是外遇男了！」

這種扯都扯不清的狀況簡直像地獄！亞玖璃靠著謎樣的悲嘆威能又大幅加速，並且逐漸消失在街上。話說她都跑得比輕型機車還快一點了耶。糟糕，亞玖璃的身影越來越小了。

於是當我們差點把亞玖璃追丟時，比我和星之守跑得前面一點的天道指了前面。

「亞玖璃同學似乎跑進電玩中心了喔。」

「噢，謝啦，天道。我們趕快跟上……雖然我很想這麼說，不過星之守似乎已經到極限了啊。」

「對、對不起……」

星之守一邊喘氣一邊回話。我則笑著告訴她：「不要緊。」

「原本我就跟亞玖璃約好要到電玩中心玩。她會跑進去那裡……大概也是想找時間冷靜吧。我們慢慢走到那邊正好。」

「『……被發現外遇時的應對好熟練……』」

「嗯，我看接下來我不管做什麼都會被妳們貶低。」

先不管天道和星之守的疑心了，我們幾個一邊調適呼吸，一邊走向電玩中心。
——如我所料，亞玖璃在店裡的自動販賣機旁邊抱著大腿，鬧脾氣似的縮成一團。我和天道還有星之守拚命跟她解釋今天的經過。
天道找我商量關於要再次邀雨野加入電玩社；碰巧在場的星之守也一起陪著商量；還有天道害怕被雨野拒絕。
亞玖璃聽完這些環節以後，才總算恢復冷靜了。
她當場站起來，對兩個女生低頭謝罪。
「對不起喔，是人家自己嚇自己，還把妳們當壞人一樣……」
「「不不不，錯的並不是妳喔。」」
「喂，妳們為什麼要用那種萬惡根源另有所在的語氣？」
電玩同好會的這些女生是怎樣？我的評價什麼時候低成這樣了？
當我洩氣地垂下肩膀時，亞玖璃就害羞地望著天道問：「所以呢？」
「結果，妳說找雨雨加入電玩社需要自信那件事，商量得怎麼樣了？」
「啊，關於那個，我們是認定把電玩看得比女友或朋友優先才符合他的『作風』——」
就在天道開始說明的那一刻，亞玖璃忽然想起什麼似的大叫：「啊！」我們三個嚇了一跳，亞玖璃就急忙拿出手機了。

「？怎麼了嗎，亞玖璃？」

我問了一聲，亞玖璃便確認通訊軟體的歷程紀錄，「哎呀」地拍了自己的額頭，然後把螢幕給我看。

「呃，人家剛才受到太大刺激，在你們趕來這裡以前，就聯絡了雨雨想跟他發牢騷。要是不趕快更正，會害他白跑一趟……」

然而，對於亞玖璃那種焦急的態度……我們三個看過彼此的臉以後就笑了。

星之守代表我們開始向納悶的亞玖璃說明。

「亞玖璃同學，我猜啦，不必那麼急著跟他更正也沒關係喔。」

「？為什麼？」

「畢竟今天對他來說，是人生中最期待的一款遊戲發售的日子。現在那個把電玩視為最優先的笨蛋急著要把東西搶到手，實在不可能一下子就趕來這——」

當星之守即將這麼哈哈笑著把話說完的瞬間——

「亞玖璃同學！」

電玩中心裡響起不搭調的呼喊聲。在客人們好奇有什麼狀況而予以注目的情況下……那個人卻似乎完全沒有把視線放在眼裡，儘管上氣不接下氣又揮汗如珠，他仍帶著認真的眼神朝我們這邊接近。

於是，當那個人來到愕然無語的我們幾個面前以後……他似乎才終於察覺到狀況難以理解，一臉問號地偏了頭。

「亞玖璃同學……？呃，妳不是跟上原同學決裂了，然後沮喪得想要尋短嗎……？」

對方問的這句話讓亞玖璃尷尬地笑著回答：「啊、啊哈哈……」

「那、那個啊。呃～……怎麼說好呢……呃～……」

「……亞玖璃同學，不會吧……」

雨野對亞玖璃投以白眼。亞玖璃則故作優雅地呵呵笑了。

「是、是人家誤會了♪耶嘿嘿。」

「果然是這樣嗎！搞什麼嘛！真是的！害我白擔心了！受不了！」

「對、對不起喔，雨雨～人家跟你賠罪！你看這是人家的誠意！」

「叫我看還完全不低頭是什麼道歉方式啊！唉，真是……幸好白跑一趟，我說真的。」

雨野一邊擦掉滴到下巴的汗珠，一邊放心似的對亞玖璃笑。

而我、天道、星之守……看了他那樣……

「（奇怪……？）」

內心都有種奇妙的聲音在作怪。

像要代表我們開口的天道戰戰兢兢地向雨野搭話了。

「雨、雨野同學？呃……你怎麼會來這裡？」

「？什麼？問我怎麼會來……因為亞玖璃同學用了很嚴重的語氣找我啊。」

「呃……或許是這樣沒錯。不過，雨野同學……今天，你不是去買自己最期待的電玩軟體了嗎……？」

「對啊，沒有錯……不過，那又怎樣了？」

雨野不以為意地回答。當我、天道、星之守正因為奇妙的不安而心臟猛跳時……天道始終裝成平常心……卻在最後終於直搗我們無論如何都想確認而不能自已的「問題核心」。

「所、所以說，雨野同學，你一向都是以電玩為最優先嘛。那麼，你當然會先買完遊戲……然後才趕過來，我這樣想對不對？」

面對天道的疑問，雨野他……帶著一頭霧水的表情，理所當然地……給了震撼的答覆。

「咦？我當然是在中途抽身趕過來的啊。畢竟不是管遊戲的時候了吧？」

「（————————嗯嗯？）」

我、天道、星之守都帶著扭曲的笑容愣住不動。

在我們東拉西扯時，亞玖璃就哈哈笑著把手搭到雨野的肩膀上了。

「啊哈哈，你在搞什麼嘛，雨雨。弄得全身大汗耶。唔哇～～『豬頭豬腦的噁心在室臭宅男』或許真的滿噁的耶～～不敢領教～～人家不敢領教～～」

「那是什麼惡毒的話啊！不用妳管！我可是只會玩電玩的弱雞耶！在這種大熱天下用全力一路跑過來，當然會流汗流到全身黏巴巴啊！何況這些都是因為冒失任性的辣妹不用腦子就把我叫來……！」

「啊哈哈哈哈哈，哎唷，你真的很呆耶，雨雨。唉，不過謝謝你嘍。老實說，這次你一點都沒有幫到人家就是了。」

「搞什麼嘛。真是……受不了。拿妳沒辦法耶，亞玖璃同學。」

「哼～～人家才拿你沒辦法呢，雨雨。」

實在不知道狀況到底有什麼可笑，雨野和亞玖璃就這樣互相大笑。

而我們三個面對他們那要好的模樣……

「（嗯嗯嗯嗯嗯嗯嗯嗯嗯嗯嗯嗯嗯嗯嗯嗯嗯嗯嗯嗯嗯嗯嗯？）」

嗯嗯嗯嗯
嗯嗯
嗯嗯嗯嗯
嗯嗯
!!!
??

嗯嗯嗯嗯
嗯嗯嗯
嗯
嗯
!

彷彿「地底下有不為人知地成長茁壯的大怪獸」出現而感到戰慄的民眾。
我們都只能目瞪口呆地睜大眼睛而已。

後記

大家好，我是作者葵せきな。這次會簡單帶過開頭的問候。

之所以如此，是因為後記只有三頁的篇幅……這麼一寫，感覺會有部分好事之徒（樂於見到葵せきな為了長篇後記而吃盡苦頭的奇特人士）——

「喂喂喂，葵せきな最近是不是變得散漫啦？後記寫得一點都不長嘛。之前的你去哪裡了？太令人失望啦！忘記初衷的傢伙就是這樣！」

像這樣表示憤慨。請等一下，基本上我的特質並非「後記寫得長」，而是「不受後記頁數的眷顧」才對。換句話說，沒錯……

同理可知，當大家開始希望「差不多該輪到長篇後記出現了吧……」時，必然就等不到長篇的後記！

後記之神實在太狡猾了！我想祂應該是和本作中玩弄登場人物們的「陰錯陽差之神」同樣邪惡或程度更甚的神明！

呃，實際上，怎麼說好呢……坦白講，我也有「差不多想在後記抱怨篇幅太長了耶……」的念頭（悽慘至極的告白）。

儘管我是這麼想，到最後那傢伙卻表示：「好的，我們不需要你這麼配合～～感覺像已經被嚇慣的諧星一樣，看了好煩～～因此，這次後記就三頁～～等到你徹底鬆懈，就會要你寫長的後記～～辛苦嘍～～」真受不了，饒了我吧。

話雖如此，要是我開始調整正篇篇幅以利寫長的後記，感覺就是我輸了，因此我以後還是打算不對命運做抵抗。哎～～我也想寫長的後記啊～～（實際上則是靠著椅背覺得只有三頁很輕鬆）

那麼，談到這一集的內容……與其當成哪個角色的回合，倒不如說是混線的一集。某方面來說，我覺得這集很有電玩咖的風格。關於心春身邊的狀況，編輯給我的感想是：「沒想到會用這種方式把她扯進故事裡。」對此我誇張地點頭表示：「對吧對吧，有這種感覺吧。」然後抬頭挺胸地告訴編輯：

「我也沒想到。」……………………呼。

不管怎樣，第四集在各種意義上都相當動盪。敬請期待第五集的發展……畢竟，我自己在期待。電、電玩咖的劇情到底會變得怎麼樣呢！

好的，這次同樣要在最後獻上謝詞。首先，幫忙畫了充滿魅力的大磯新那封面，以及彩

頁&插畫的仙人掌老師，誠摯感謝。此時此刻我真的懷疑在第一集推掉電玩社邀請的雨野是個呆子。往後還請多多指教。

還有，爽快地收下連大綱都沒有就擅自轉折來轉折去的《電玩咖！》原稿的編輯，感謝您。多虧如此，雨野等人似乎也都過得奔放自在。不過，要是他們突然穿越到異世界，麻煩你提醒我：「葵老師，這樣的發展確實出人意表，但是不對啦。」雖然我不確定自己是否會恢復神智。

還有，奉陪這篇到第四集依然看不出接下來會怎麼演的戀愛喜劇的各位讀者們，即使故事內容神煩，我仍打算貫徹以「戀愛」及「喜劇」為故事的主軸，因此大家若能嘻嘻哈哈地享受便是我的榮幸。

那麼，讓我們在第五集再會吧！

葵せきな

國家圖書館出版品預行編目 (CIP) 資料

GAMERS 電玩咖！4 亞玖璃與無自覺 CRITICAL / 葵せきな作；鄭人彥譯 -- 初版 -- 臺北市：臺灣角川，2017.07

面； 公分

譯自：ゲーマーズ！ 4 亜玖璃と無自覚クリティカル

ISBN 978-986-473-788-8(平裝)

861.57 106009112

Kadokawa
Fantastic
Novels

GAMERS電玩咖！ 4
亞玖璃與無自覺CRITICAL

（原著名：ゲーマーズ！4 亞玖璃と無自覚クリティカル）

2017年7月20日 初版第1刷發行
2021年1月11日 初版第2刷發行

作　　者：葵せきな
插　　畫：仙人掌
譯　　者：鄭人彥

發 行 人：岩崎剛人
總 編 輯：蔡佩芬
編　　輯：孫千棻
美術設計：李思穎
印　　務：李明修（主任）、張加恩（主任）、張凱棋

發 行 所：台灣角川股份有限公司
地　　址：105台北市光復北路11巷44號5樓
電　　話：（02）2747-2433
傳　　真：（02）2747-2558
網　　址：http://www.kadokawa.com.tw
劃撥帳戶：台灣角川股份有限公司
劃撥帳號：19487412
法律顧問：有澤法律事務所
製　　版：尚騰印刷事業有限公司
ＩＳＢＮ：978-986-473-788-8